AF493223

Massimo Calabria

MR. BUSINESS E DR. SLOW

Il dilemma della sostenibilità

◆

EDIZIONI WE

ISBN 979-12-5497-145-1

©2023 Edizioni WE di Nicola Bergamaschi
Via Paulli 10/A – 26015 – Soresina (CR)

www.clickpertutti.com
www.edizioniwe.com
www.facebook.com/edizioniwe
www.instagram.com/edizioniwe
info@edizioniwe.com

PREFAZIONE
di Tommaso Fornasari*

Nelle pagine che seguono l'autore narra del dilemma tra sostenibilità e profitto, attraverso un'analogia con lo strano caso del Dr. Jekyll e Mr. Hyde. La sostenibilità è riconducibile al lato Jekyll, rappresentando la parte consapevole e responsabile delle attività aziendali che si preoccupa degli impatti sociali e ambientali. Al contrario, il profitto è paragonato a Hyde, rappresentando la ricerca egoistica del guadagno a breve termine senza considerare le conseguenze negative. In questo senso, le aziende si trovano costantemente nella situazione di Jekyll e Hyde, dovendo affrontare la tensione tra perseguire il profitto e adottare pratiche sostenibili. Alcune aziende potrebbero privilegiare il profitto a breve termine, ignorando o minimizzando gli impatti negativi sull'ambiente e sulla società. Al contrario, altre aziende potrebbero mettere l'accento esclusivamente sulla sostenibilità, senza tenere conto dell'equilibrio finanziario a lungo termine. Tuttavia, come nella storia, l'importante è trovare un equilibrio tra queste due entità. Mentre il profitto è necessario per la sopravvivenza e la crescita di un'azienda, la sostenibilità rappresenta l'importante dimensione a lungo termine delle attività aziendali.
Negli ultimi anni, molte aziende si sono rese conto che

l'integrazione della sostenibilità nel loro modello di business può portare a vantaggi competitivi a lungo termine. Un approccio sostenibile può generare efficienze operative, ridurre i rischi associati alle risorse naturali e creare valore per gli stakeholder. Allo stesso tempo, una strategia sostenibile può contribuire a migliorare l'immagine dell'azienda e la fiducia dei consumatori, portando a maggiori opportunità di mercato. Mentre la sostenibilità e il profitto possono sembrare inizialmente come Dr. Jekyll e Mr. Hyde, con l'approccio giusto è possibile bilanciare entrambi gli aspetti e costruire un'azienda che sia, allo stesso tempo, redditizia e responsabile dal punto di vista ambientale e sociale. Questo richiede un impegno consapevole e duraturo e una visione olistica che tenga conto dei benefici a breve termine insieme alle implicazioni a lungo termine delle scelte aziendali.

Una possibile soluzione per evitare il cortocircuito narrato nel romanzo di Stevenson è intendere la sostenibilità non come un imperativo morale, ma come una strategia per creare valore per le imprese. L'approccio alla sostenibilità orientato alla creazione di valore si basa sul riconoscimento che le pratiche sostenibili possono offrire vantaggi economici e competitivi alle imprese. Questo approccio considera la sostenibilità come una fonte di innovazione, efficienza operativa, riduzione dei costi, nuove opportunità di mercato e miglioramento delle relazioni con i clienti e gli stakeholder. Integrando la sostenibilità nelle operazioni aziendali, le imprese possono migliorare la propria reputazione, aumentare la fiducia dei consumatori, attrarre investimenti sostenibili e avere un impatto positivo sulla società e sull'ambiente. Le aziende possono adottare pratiche come l'efficientamento energetico, la gestione responsabile delle risorse, la riduzione delle emissioni di gas serra, l'utilizzo di materiali riciclati e la promozione di condizioni di lavoro migliori. Andrebbe quindi pubblicamente enfatizzato l'approccio alla sostenibilità orientato alla creazione di valore, piuttosto che quello etico, più consono alla sfera individuale. Infatti, riconoscere che la sostenibilità crei valore economico consente alle imprese di adottare e mantenere un impegno a lungo termine con ricadute ammirevoli, a prescindere dal sentimento che le anima. In sintesi, considerare la sostenibilità come una strategia per creare valore può spingere le imprese a integrare pratiche sostenibili nel loro modello di business, portando a risultati positivi in termini finanziari ed esternalità positive in chiave etica.

Volendo parafrasare le interpretazioni più comuni del romanzo di Stevenson la facciata perbenista tipica dell'età vittoriana, contestata nel romanzo originale, è ravvisabile nella moderna e attuale pratica del greenwashing. Tuttavia, così come Jekyll e Hyde alla fine rivelano la loro vera natura, il greenwashing può essere smascherato attraverso un'analisi critica e trasparente.

L'altra lettura comune del romanzo è quella Freudiana, secondo cui l'*es* è rappresentato dal puro profitto, mentre il *super-io* da una sostenibilità esasperata, anche a scapito degli aspetti economici, che pure concorrono a garantire la sopravvivenza dell'impresa. La sintesi è rappresentata dall'io, che può guidare le aziende nella ricerca di un equilibrio tra sostenibilità e profitto. Questo equilibrio mira a creare valore a medio termine, considerando sia gli obiettivi finanziari che quelli ambientali e sociali dell'azienda.

A lungo termine il comportamento etico e strategico coincide con i risultati perché chi non rispetta i diritti/aspettative degli stakeholder prima o poi viene punito dal mercato.

Tommaso Fornasari

**Docente e ricercatore presso l'Università degli Studi di Brescia, dipartimento di Economia e Management.*
Coordinatore Commissione per i criteri di sostenibilità ESG presso l'Ordine dei Dottori Commercialisti e degli Esperti Contabili di Brescia.
Libero professionista presso lo studio Fornasari.

INTRODUZIONE
dell'Autore

Quella della sostenibilità è ormai diventata la sfida del XXI secolo, ed è chiaro che le maggiori responsabilità e quindi le più grandi opportunità di contribuire concretamente a una svolta positiva attualmente competano soprattutto a chi opera in campo economico, e quindi innanzitutto ad investitori, aziende, imprese, professionisti, consulenti, formatori, comunicatori e a tutti gli altri soggetti coinvolti nel sistema che più direttamente impatta sulle tematiche di cui si tratta parlando di sostenibilità.

Naturalmente un forte stimolo a questa svolta dovrà venire dai consumatori e i risparmiatori, i quali - oggi più che mai - hanno la possibilità di determinare gli orientamenti del mercato mediante le loro decisioni di acquisto nonché di allocazione del risparmio.

Non possiamo inoltre dimenticare gli elettori, a cui si rivolge la politica nel momento in cui necessita di ottenere il consenso per esercitare il proprio potere.

Come dire: siamo tutti coinvolti.

Credo che l'unica via che potrà portare alla svolta verso la sostenibilità sia la via della consapevolezza. Le mie riflessioni mi portano infatti a ritenere che l'essere umano, al quale le potenzialità cerebrali hanno consentito lo sviluppo di tecnologie il cui impatto sul nostro pianeta è diventato preoccupante, abbia intrapreso una direzione evolutiva che rischia di diventare irreversibilmente insostenibile a causa della perdita della consapevolezza della sua connessione con sé stesso e con tutto ciò che lo circonda.

Qualcuno usa, correttamente, il temine "alienazione" derivato dal latino *alienus*, che significa 'altro'.

Non ci soffermeremo sulle cause che hanno portato la nostra società a questa condizione, ma mi limiterò ad affermare la mia forte convinzione che solo il recupero della consapevolezza della nostra connessione da parte di una massa critica sufficiente ampia di esseri umani potrà invertire questa pericolosa deriva.

La consapevolezza dovrà essere recuperata su più livelli. Il primo livello è quello della connessione con il proprio sé profondo, il secondo livello è quello della connessione con tutti gli altri esseri umani, il terzo con tutti gli esseri viventi, il quarto con il nostro pianeta, il quinto con l'intero universo.

Questa connessione, da sempre affermata dai maestri spirituali di ogni epoca e parte del mondo, è ormai comprovata dalle più recenti scoperte nel campo della fisica quantistica, secondo cui tutto ciò che esiste è compreso in un unico campo energetico molto più strettamente collegato di come finora si era ritenuto, campo che l'uomo rischia di perturbare oltre ciò che gli è consentito, se non sarà recuperata – ripeto – la consapevolezza della sua connessione.

Solo recuperando questa connessione a tutti questi livelli sarà possibile pervenire a uno sviluppo sostenibile il quale, al di là di tutte le definizioni che sono state date, io considero il solo modo per poter ottenere ciò che ci fa stare veramente e profondamente bene, in modo sicuro e duraturo e non effimero, illusorio, o gravemente rischioso.

Credo che il punto di partenza, soprattutto per chi opera in campo economico ed è sottoposto a pressioni crescenti, sia una presa di coscienza individuale, mediante la quale potersi orientare ad abitudini funzionali a uno stile di vita sostenibile, il quale richiede innanzitutto un ridimensionamento dei ritmi e una riduzione della frenesia quotidiana. A questo ho già fatto riferimento nel "Manifesto dello SLOW BUSINESS"
Questo scritto vuole aggiungere a quanto già considerato una riflessione più ampia, rivolta alle sorti del nostro pianeta e della società in cui viviamo.

I dati conclamati relativi all'esplosione demografica, la tentazione che le masse nutrono nei confronti del modello iper-consumistico generato da valori materialisti, il divario crescente fra i redditi dei più ricchi e dei più poveri, e altre osservazioni pervenute da più parti, hanno determinato la forte consapevolezza nei confronti dei fenomeni conseguenti a tutto ciò, fenomeni inediti nella storia dell'umanità, che hanno creato tensioni e ripercussioni ormai evidenti a livello ambientale, sociale ed economico.

La comunità internazionale ha quindi reagito su più fronti, tentando di definire una agenda strategica coordinata e finalizzata a invertire la tendenza che potrebbe portare a conseguenze irreparabili.

Questa volta non si tratta semplicemente di "alzare l'asticella" e di chiedere a istituzioni, imprese, cittadini di "fare uno sforzo" per migliorare questo o quell'aspetto, o di impegnarsi per porre maggiore attenzione a questa o quella tematica.

Questa volta, se vogliamo comprendere la questione della sostenibilità nella sua piena accezione, si tratterà di fare un vero e proprio salto di paradigma.

Che cosa è un paradigma? È un modo in cui una collettività concepisce la realtà, e ne accetta gli assunti di base.

Il paradigma dominante dell'attuale sistema economico neo-capitalista globalizzato è, semplificando al massimo: la crescita della produzione e dei consumi come obiettivo prioritario e universale.

È però ormai evidente come questo paradigma, se ha portato benefici materiali di portata inimmaginabile in tutto l'occidente - e non solo - nel corso di alcune generazioni, ha anche generato problematiche di portata altrettanto inimmaginabile, fino a rivelarsi - ormai inequivocabilmente - come insostenibile.

E quindi, alla domanda che è stata fino ad oggi, nel segno del paradigma della crescita, ripetuta come un mantra dalle più influenti autorità economiche (e di riflesso, ormai, politiche), ovvero: "come è possibile attivare e stimolare la crescita economica nel maggior numero di stati e nazioni?" dovranno sostituirsi una serie di domande ben più complesse, alle quali sarà necessario, e tremendamente difficile, rispondere, fra le quali: "crescita di che cosa?" "a beneficio di chi?" "a quali costi?" "pagati da chi?" "quali sono i reali bisogni in gioco?" "quali sono i limiti?".

Queste sono solo alcune delle domande che il paradigma della sostenibilità imporrà, e ciascuno, magari mentre legge questo scritto, potrà prendersi un momento per formularne altre, altrettanto complesse e altrettanto affascinanti.

Le risposte che sapremo dare definiranno con sempre maggiore chiarezza il nuovo paradigma, del quale oggi riusciamo solo a intuire la necessità, e le radicali trasformazioni che necessariamente dovranno essere introdotte a livello economico, ambientale, sociale, culturale, politico.

Credo che la scelta verso la sostenibilità sia caratterizzata da tre fattori determinanti: si tratta di una scelta impegnativa, onerosa, complessa.

Credo che per chi vive in questa epoca il privilegio di poter vivere questa sfida da protagonista, effettuando la propria scelta, sia da valorizzare come una straordinaria opportunità, da vivere nella piena assunzione delle proprie responsabilità, con tutto il coraggio e l'entusiasmo che questa sfida richiede.

La tentazione di ripiegare sulla comodità materialistica, sulla gratificazione immediata e su una visione circoscritta ai propri bisogni egoistici sarà forte, per chiunque. Credo però nel senso di responsabilità che so già tante persone sono e saranno disposte ad assumersi, e che queste persone aumenteranno in numero fino a costituire una massa critica in grado di generare il cambiamento necessario, nel senso di una evoluzione positiva.

Il ruolo degli operatori economici a questo punto sarà determinante perché gli impatti di aziende, imprese e organizzazioni si ripercuoteranno a vari livelli.

Le aziende forniscono posti di lavoro e opportunità di crescita professionale alle persone. La creazione di occupazione è fondamentale per ridurre la disoccupazione e migliorare il tenore di vita delle comunità locali.

Le aziende possono adottare politiche di responsabilità sociale d'impresa, impegnandosi in attività di beneficenza, sostenendo cause sociali e ambientali, e contribuendo finanziariamente a iniziative di beneficenza. Queste azioni possono migliorare la qualità della vita delle persone e affrontare problemi sociali.

Le aziende possono promuovere un ambiente di lavoro inclusivo, che accoglie persone di diverse origini, generi, orientamenti sessuali, età, e abilità. Questo può contribuire a combattere la discriminazione e a promuovere l'uguaglianza sociale.

Le imprese possono adottare pratiche sostenibili e ridurre l'impatto ambientale delle loro attività. Questo contribuisce a preservare risorse naturali e a prevenire danni all'ambiente, migliorando il benessere delle comunità.

Alcune aziende investono nelle comunità in cui operano attraverso programmi di sostegno all'istruzione, alla salute, alla cultura e allo sviluppo economico locale.

L'innovazione aziendale può portare a nuovi prodotti e servizi che migliorano la qualità della vita delle persone. Ad esempio, le aziende del settore tecnologico hanno trasformato il modo in cui le persone comunicano, lavorano e accedono alle informazioni.

Le aziende possono sostenere la salute e il benessere dei propri dipendenti attraverso programmi di benessere, copertura sanitaria, flessibilità nei luoghi di lavoro e supporto per il bilanciamento tra vita lavorativa e vita privata.

Le aziende possono collaborare con organizzazioni non profit e organizzazioni della società civile per affrontare questioni sociali specifiche, come la povertà, l'istruzione e la salute.

Le imprese possono adottare standard etici nella selezione dei fornitori e nell'intera catena di approvvigionamento, garantendo che i prodotti e i servizi che offrono siano prodotti in condizioni etiche e sostenibili.

Questi sono alcuni dei benefici che le organizzazioni economiche che sceglieranno il paradigma della sostenibilità potranno generare, assumendo un ruolo concreto e determinante nell'affrontare le grandi sfide ambientali e sociali. Tutto dipenderà dalla scelta di impegnarsi in una serie di azioni che vanno oltre il loro obiettivo principale di generare profitto.

Se effettivamente tutto ciò si concretizzerà è al momento impossibile da stabilire. Ciò che si può stabilire sin d'ora è che, in ogni caso, ciascuno di noi avrà la responsabilità di una scelta, e che il modo in cui ciascuno eserciterà questa scelta determinerà gli esiti di questa trasformazione che non potranno che essere: evoluzione verso un sistema globale più armonico, oppure inarrestabile declino.
E non si tratterà di una scelta facile, tutt'altro. Ed è per questo che ho deciso di adottare un pretesto narrativo ispirato al drammatico dilemma che riguardò, nel genio creativo di uno scrittore come R.L.B. Stevenson, la divisione nell'animo di Dr. Jekill e Mr. Hyde.

In conclusione, l'invito a te che leggi queste righe è a fare e a portare avanti con coerenza, giorno dopo giorno, la scelta giusta.
Per te, e per chi verrà dopo di te.

Massimo Calabria

MR. BUSINESS E DR. SLOW

Il dilemma della sostenibilità

A chi verrà dopo di noi.

1.

LO ZAFFERANO VIOLA

L'uomo si aggirava curioso fra le bancarelle colorate e gli schiamazzi del mercato.

Faceva caldo e l'abbigliamento era tipico di una vacanza tropicale: sandali, bermuda, camicia leggera e cappello di paglia.

Alcuni commercianti vendevano spezie e diversi odori penetravano le sue narici: in particolare un aroma intenso e sconosciuto lo indusse a fermarsi davanti a uno scaffale, accanto al quale sedeva un personaggio curioso che sembrava attendere proprio lui.

"Buongiorno signore, le piace la nostra isola?", gli chiese alzandosi e facendo un inchino, parlando con un forte accento locale.

"Devo dire di avere trascorso qui una bellissima vacanza. Peccato che domani dovrò ripartire. Stavo curiosando fra le bancarelle cercando qualcosa da portare con me, che mi ricordi questo luogo meraviglioso", rispose sorridendo. "Che spezia è mai questa dall'odore così intenso e penetrante?"

"Questo" disse il venditore di spezie "è lo zafferano viola"

"Zafferano viola? Non sapevo nemmeno che esistesse"

"È una spezia molto rara, che ha poteri davvero speciali"

"Che tipo di poteri?"

"I nostri vecchi dicono: se mangi lo zafferano viola quando sei pronto, potresti conoscere di te un altro mondo"

"Pronto? Un altro mondo? Ma... che significa?"

"Qualcuno dice che è solo un vecchio proverbio, ma altri sostengono che lo zafferano viola è una spezia magica, capace di trasformare la natura delle persone"

"Curioso. Comunque, il suo odore mi piace moltissimo, e ormai voglio provare il sapore di un bel risotto preparato con questo strano zafferano. Quanto costa?"

"Un sacchetto cinquanta jan"

"Va bene, ecco i soldi"

"Ecco il suo zafferano. Buon viaggio, signore. Magari in altri mondi" disse ridendo e salutando con un inchino.

2.

MR. BUSINESS

La porta si aprì sbattendo e l'uomo irruppe nella stanza con un atteggiamento prepotente. Era vestito con abiti ostentatamente firmati, scarpe lucide e appariscenti, portava grossi anelli alle dita, una catena d'oro appariva dalla camicia sbottonata fino alla pancia. Aveva un aspetto sgradevole, il suo sguardo torvo e inquietante suscitava un forte senso di disagio.

Si rivolse alla donna alla scrivania e le disse con la sua voce rauca: "non ho bisogno di nessuno, tanto meno di una incapace come te!". Sandra Nervi, la sua segretaria, era una donna perennemente affaccendata, ansiosa e nevrotica. Intimorita dai rimproveri del suo capo, provò a spiegare che non aveva fatto altro che eseguire esattamente le istruzioni che lui stesso le aveva dato, ma lui senza ascoltarla concluse dicendo: "Levati dalle palle! Il tuo stipendio questo mese verrà trattenuto come risarcimento dei danni che mi hai provocato. Vattene adesso, prima che ti sbatta fuori con le mie stesse mani!"

La donna, abbattuta, non riuscì a replicare e lasciò la stanza con rassegnazione, chiudendo la porta alle sue spalle.
Mr. Business si sedette al suo posto e mentre tamburellava nervosamente le dita sui documenti appoggiati davanti a lui iniziò a borbottare…

"È solo una stupida, una stupida, come tutti gli altri. E probabilmente sta anche tentando di fregarmi sulle ore di straordinario. Mai fidarsi... Mai fidarsi di nessuno!"

Prese il telefono e chiamò un altro suo assistente: "Prenotami subito un albergo. Parto stanotte per andare a risolvere quella faccenda del carico. Imbecilli! Siete solo degli imbecilli!"

Uscì dalla stanza sbattendo la porta e imprecando: "Non ce n'è uno che valga la metà dello stipendio che gli pago! Ma domani li metto tutti in riga e guai a chi oserà fiatare!"

Chiamò nervosamente il suo autista e non appena fu salito sul suo enorme S.U.V. mormorò un indirizzo masticando le parole.
"Può ripetere scusi?" chiese l'autista.
"Non ti sei lavato le orecchie? Allora leggilo da solo l'indirizzo" disse porgendo in malo modo un biglietto stropicciato, e borbottando volgari imprecazioni.

L'autista prese il biglietto e, guardando con irritazione l'uomo dallo specchietto retrovisore, si avviò nel traffico, mentre iniziava a piovere.

3.

IL DR. SLOW

Enrico Giachilli, da tutti conosciuto come "Dr. Slow" arrivò puntualmente alla riunione, salutando uno per uno tutti i presenti con una calorosa stretta di mano.
Era come sempre vestito con sobria eleganza, in uno stile discreto ma connotato da una chiara personalità e gusto.

Il suo aspetto era curato, e dal suo sguardo emanava una luce che ispirava a chiunque apertura e cordialità.

"Cari collaboratori", esordì, dopo che tutti si furono accomodati, con la sua voce chiara e amichevole: "voglio ringraziare ciascuno di voi per l'ottimo lavoro che ci ha portato agli straordinari risultati che tutti conoscete. È un grande privilegio per me lavorare con questa squadra, e osservare i miglioramenti costanti che ciascuno ha dimostrato di avere ottenuto con la propria coerenza e impegno".

"Grazie a te, Enrico" replicò Francesca Leali, la sua fedelissima segretaria: "Con le tue indicazioni e il tuo prezioso supporto abbiamo potuto lavorare in modo coordinato ed efficiente e anche noi oggi siamo veramente felici di avere raggiunto gran parte degli obiettivi che ci eravamo prefissati, per quanto questi apparissero decisamente ambiziosi. La fiducia che ci hai dimostrato ha suscitato in noi una forte motivazione, e, grazie alla determinazione che ci hai costantemente trasmesso, abbiamo potuto superare ostacoli che non immaginavamo di poter affrontare"

"Crediamo che questa circostanza meriti qualche parola da parte tua, Enrico" esordì la sua collaboratrice Adelaide Consigli, che lo sapeva capace di parole ispirate.

DIS-COR-SO! DIS-COR-SO! Gridarono tutti in coro.

"La nostra organizzazione è stata costituita sulla base di una visione comune: la visione di un mondo in cui le aziende e le imprese non sono solo motori di profitto, ma anche agenti di una evoluzione positiva. Un mondo in cui ogni decisione, ogni scelta, ogni azione, contribuisce a costruire un futuro più sostenibile, a beneficio di tutti.
Oggi vogliamo davvero credere che questo è il mondo che possiamo creare insieme.

Come ormai è evidente dalle indicazioni e direttive emanate a tutti i livelli politici e istituzionali - dal globale, al nazionale, al locale - ciascun imprenditore, professionista, consulente è chiamato ad assumersi alte responsabilità per contribuire alla transizione dell'intero sistema socio-economico nella direzione di un pieno rispetto dell'ambiente e delle persone.
Le implicazioni di questa svolta sono molteplici e complesse, e riguardano non solo l'ecologia ma anche l'etica e le dinamiche nelle relazioni fra esseri umani, dentro e fuori dalle organizzazioni.

Tutto ciò richiederà innanzitutto un ridimensionamento dei ritmi e dei tempi con i quali svolgiamo le nostre attività, riducendo la frenesia che ha ormai raggiunto livelli disumani.

Sarà anche necessario ridefinire e semplificare le nostre abitudini e nostri consumi, riflettendo su quelli che possono essere i nostri reali bisogni e necessità, in un'ottica di orientamento a una qualità della vita più autentica, per un reale benessere individuale e collettivo.

Si tratterà inoltre di acquisire la formazione, le informazioni e le competenze necessarie, mediante adeguati percorsi interdisciplinari.

Ho sempre creduto che chi opera nel mondo dell'impresa e dei servizi, ma anche della cultura e della creatività, debba essere consapevole della necessità di agire mantenendo l'equilibrio naturale del pianeta in cui viviamo.

Ho sempre creduto che una società per essere più equa e giusta debba concentrarsi sulla valorizzazione delle qualità, dei talenti, delle caratteristiche uniche e irripetibili che ciascun essere umano possiede, per dargli la possibilità di avviarsi e mantenersi su un percorso di evoluzione e miglioramento materiale e spirituale.

Ho sempre creduto nell'importanza del rispetto delle regole, dell'etica, dell'inclusività e delle pari opportunità.

Oggi tutto ciò è finalmente giunto ad essere ampiamente e ufficialmente riconosciuto e affermato, e ci avviamo a una fase nuova in cui ciascuno è chiamato a fare la sua parte.

Io credo che la sfida potrà essere vinta, ma solo in una visione fortemente improntata alla solidarietà: nessuno può bastare a sé stesso, e nessuno potrà più pensare solo a sé stesso.

Il termine "solidarietà" si fonda su una radice etimologica che riporta al concetto di "solidità" e solo in un quadro di relazioni sane e ben strutturate ciascuno sarà disposto e mettersi a disposizione dell'altro per compensarne le debolezze, e sarà disposto ad accettare l'aiuto degli altri per far fronte alle proprie, generando uno scambio in cui ciascuno offre ciò di cui dispone, per ottenere ciò di cui necessita.
Tutto ciò è tanto più importante oggi, in un momento in cui le comunità istituzionali sono fortemente in crisi, e la disgregazione sociale dilaga a causa di tutto ciò che causa la separazione fra gli esseri umani e ne rende difficili le interazioni.
Ciascuno di noi ha dunque, oggi più che mai, il preciso dovere di avviare un proprio percorso attivo di partecipazione che contribuisca a creare nuovi e sani modelli di comunità, orientati alla cooperazione e allo scambio, con una visione di miglioramento comune.

Tali obiettivi potranno essere raggiunti solo coniugando un uso attento e consapevole delle risorse con un esteso soddisfacimento delle esigenze materiali, perché solo il superamento delle condizioni di povertà conferisce dignità e libertà.
La creazione di valore economico costituisce quindi una possibilità di evoluzione positiva, a condizione che non rimanga un processo fine a sé stesso, ma sia orientato a una visione per cui è possibile considerare il mi-

glioramento generale come somma di singoli e diffusi miglioramenti individuali, e il benessere materiale equamente distribuito come una base su cui appoggiare l'ambizione a valori superiori.

Nella nostra epoca, il contesto vocato alla creazione di valore economico è l'azienda, intesa come una organizzazione o, più compiutamente, come un vero e proprio organismo composto di persone e beni, diretto al raggiungimento di un fine, d'interesse sia pubblico che privato.
Oltre che portare un concreto contributo alla riduzione dell'impronta ecologica e al miglioramento degli impatti sociali, il lavoro di una persona dovrà sempre più rappresentare uno dei mezzi attraverso i quali questa persona si eleva e si auto-realizza, mediante la valorizzazione della sua individualità e della sua spiritualità costituita dalla combinazione di corpo, mente e cuore.

Ecco, dunque, il messaggio forte e importante che si pone come idea guida del paradigma dello SLOW BUSINESS: cogliete ogni opportunità di aggregazione e condivisione, per evolvervi operando - individualmente e collettivamente - in un percorso di miglioramento continuo che si svolge con e attraverso gli altri, nel rispetto dell'ambiente, delle persone e delle libertà d'impresa".

Un fragoroso applauso ruppe il silenzio in cui tutti avevano ascoltato le sue parole.

"Ora" concluse il Dott. Slow "è il momento di goderci qualche giorno di meritata pausa. Riceverete oggi stesso il compenso che avevamo pattuito, più un piccolo extra che ho pensato di aggiungere a riconoscimento della vostra determinazione e della lealtà che avete mantenuto nel superare gli ostacoli che abbiamo dovuto affrontare per realizzare il nostro progetto".

"Un hurrà per tutta la nostra organizzazione" gridò una voce fra i presenti. "Hurrà!" risposero tutti in coro.
La riunione si sciolse fra sorrisi e abbracci e tutti si accomodarono al buffet, chiacchierando e scambiandosi brindisi e congratulazioni.

4.

IL RACCONTO DELL'INCIDENTE RISARCITO

Aldo Tasso era un uomo da tutti stimato e rispettato, oltre che per la sua lunga esperienza e della sua indubbia professionalità, anche per il suo carattere aperto e accogliente.

Era il direttore di un istituto bancario locale e da anni gestiva i risparmi dei suoi clienti e finanziava le iniziative imprenditoriali del territorio.

Sebbene la sua fosse una delle famiglie più facoltose e altolocate della città, nessuno lo aveva mai visto ostentare il suo status. I suoi modi cordiali, la sua sobrietà, il suo sincero e disinteressato impegno civico ne facevano una persona della quale chiunque non avrebbe potuto esprimere che parole di apprezzamento.

Era animato dalla convinzione che la creazione di ricchezza economica fosse possibile solo mediante un miglioramento dell'economia reale, consistente nella creazione di servizi utili, prodotti validi, competenze, consulenze e altre attività in grado di creare posti di lavoro, benessere e prosperità.

Diffidava quindi di tutti quei prodotti finanziari che avevano come unico obiettivo quello di generare rendite passive fondate sulla speculazione o su illusorie leve con indici di profitto vertiginosi, che riteneva specchietti per le allodole.

"Per quanto tutti abbiano sentito sin da bambini la storia di Pinocchio e dei suoi zecchini d'oro" diceva "è incredibile quante persone ancora stiano a inseguire facili guadagni dando ascolto a gatti e volpi che sbucano da ogni dove. Quando una persona ti chiede se ti interessa fare un sacco di soldi non facendo nulla, l'unica risposta da dare dovrebbe essere: no grazie! E invece abbiamo ben visto come non solo i poveri ignoranti siano caduti nell'illusione della ricchezza facile, ma anche fior di banchieri di fama internazionale hanno mandato in rovina istituti storici cavalcando l'onda della finanza speculativa!"

La sua banca era rimasta legata al territorio e conosceva personalmente tutti i clienti, e delle persone sapeva valutare le qualità e il comportamento.

Era un uomo pragmatico, ma si interessava con attenzione e curiosità anche a tutti i nuovi fenomeni di gestione del risparmio e delle emergenti modalità di finanziamento, alcuni delle quali gli sembravano sicuramente interessanti e innovative.

Era anche consapevole di come le tecnologie avrebbero drasticamente trasformato il mondo del credito e che il modello di banca tradizionale fosse destinato a scomparire nel giro di pochi anni. Rimaneva però determinato nel continuare a mettere a disposizione la sua esperienza per rinnovare il modo in cui perseguiva la sua missione, che rimaneva quella di sostenere l'economia reale dedicando attenzione anche alle iniziative dei giovani.

Quel giorno il direttore stava amabilmente passeggiando con Stefano Lavori, un imprenditore molto attivo che gli parlava delle sue nuove iniziative. Entrambi esprimevano soddisfazione commentando le disposizioni che avevano introdotto fra i criteri del merito creditizio il cosiddetto "rating ESG", che imponeva alle aziende maggiore attenzione e responsabilità sui temi della sostenibilità ambientale, sociale e gestionale.

Stefano era uomo intraprendente, proattivo e carismatico, dotato di ottime competenze nella gestione aziendale e di matura professionalità.
Era orientato ai valori di efficienza, trasparenza e soprattutto condivisione, e da sempre impegnato in iniziative di sensibilizzazione sui temi della sostenibilità.

Il direttore lo apprezzava anche perché era organizzato in modo efficiente e gestiva bene il suo tempo. Affidabile e coerente, rispettoso degli impegni e delle scadenze, abituato a lavorare per obiettivi, nella comunicazione Stefano era schietto e trasparente, non temeva il confronto e sapeva gestire il conflitto.

Sempre orientato a migliorare la qualità della vita sua e dei suoi familiari, cercava nel lavoro non solo reddito ma anche gratificazione personale.

Come il direttore Tasso, Stefano non amava le formalità, preferiva un atteggiamento franco e sincero, ma conosceva l'importanza delle buone maniere nel relazionarsi con gli altri.

Entrambi preferivano gli ambienti collaborativi ed erano orientati alla cooperazione, non temevano la competizione ma si mantenevano sempre su un piano di sana etica. Sia il direttore che Stefano attribuivano grande importanza al rapporto personale anche nel mondo del business.

Stefano descriveva al direttore i progetti che stava realizzando, con i quali era certo di poter creare opportunità per i suoi giovani e talentuosi collaboratori, oltre che possibilità di sviluppo per il territorio e la comunità locale.

Il direttore annuiva e ogni tanto chiedeva chiarimenti ed esprimeva considerazioni utili ad affinare la comprensione delle visioni dell'imprenditore, oltre che a fornire spunti di riflessione e di miglioramento al suo interlocutore.

Passando davanti a un piccolo parcheggio situato in prossimità di una zampillante fontana Tasso si fermò e assunse l'espressione di chi sta riportando qualcosa alla memoria.

Stefano notò questa espressione e chiese: "Questo posto ti sta ricordando qualcosa?"

"Qualche mese fa" disse il direttore "uscendo da questo parcheggio assistetti a uno spiacevole incidente, che coinvolse una mia cliente. Per fortuna non vi furono gravi conseguenze, ma l'episodio mi turbò alquanto e mi lasciò molto perplesso anche per lo strano modo in cui si concluse."

"A questo punto mi hai incuriosito: vorresti raccontarmelo?" chiese l'imprenditore.

"Sulla macchina che mi precedeva uscendo dal parcheggio" iniziò Tasso "avevo visto salire tale Edoardo Celato conosciuto come "Mr. Business". Lo avevo sentito sbraitare al telefono prima di salire sull'auto, imprecando contro non so chi, usando espressioni di una tale volgarità e violenza che non ti riporto perché mi vengono i brividi solo a ricordarle.

Uscendo dal parcheggio non ha dato la precedenza mentre sopraggiungeva la mia cliente. L'impatto è stato inevitabile, per fortuna senza feriti, ma la macchina della donna ha avuto un danno al paraurti.

Io mi fermai rendendomi disponibile per facilitare la constatazione amichevole dell'accaduto, ma alla richiesta della donna di procedere allo scambio dei dati per la denuncia all'assicurazione, Mr. Business, guardandoci con aria sprezzante, esclamò che "non aveva tempo da perdere in stronzate" e che preferiva risolvere direttamente la questione provvedendo al risarcimento immediato, dichiarando che avrebbe provveduto a effettuare un bonifico di tremila euro seduta stante, utilizzando il suo cellulare.

Essendo evidentemente la cifra ampiamente superiore al danno che io e la mia cliente avevamo stimato, la proposta è stata accettata, alla sola condizione di nominare me come garante dell'operazione. In pochi minuti è stato effettuato un bonifico, Adelaide ha visto accreditato sul suo conto l'importo, e Mr. Business ha in questo modo liquidato l'accaduto."

"Davvero un comportamento insolito" commentò Stefano.

"Ma vuoi sapere la cosa che più trovai inspiegabile?" concluse il direttore "Il bonifico proveniva da un conto intestato a Enrico Giachilli, al quale poteva regolarmente accedere"

"Il Dr. Slow???", chiese incredulo Stefano. "Non avrei mai immaginato che una persona così gretta e maleducata fosse in rapporti tanto stretti con il nostro stimatissimo amico!"

"È la stessa cosa che ho pensato io..." ribadì il direttore, chinando il capo e abbassando gli occhi con aria preoccupata.

5.

UN TESTAMENTO DISAPPROVATO

"Caro Enrico, quello che mi chiedi di fare, al di là delle questioni tecniche, mi lascia incredulo, più che perplesso: da quello che vedo scritto sul documento che mi chiedi di ratificare, qualunque tuo bene, proprietà o disponibilità verrebbe assegnato - in caso di tua irreperibilità superiore a 90 giorni - senza condizioni e con decorso immediato a Edoardo Celato, che, per quanto ne so, è colui che è soprannominato "Mr. Business?"

Il notaio Dabeni si grattava il capo cercando di analizzare meglio la richiesta che gli era appena stata sottoposta dal suo carissimo amico Enrico Giachilli, noto e stimato come Dr. Slow.

"Esattamente, amico mio. Capisco che la mia richiesta ti possa sembrare incomprensibile, ma ti assicuro che se tu conoscessi i motivi che mi inducono a chiederti di aiutarmi a formalizzare questa mia disposizione, non vi sarebbe opposizione da parte tua" si giustificò il Dr. Slow.

Il notaio non riusciva a capacitarsi di quanto gli veniva richiesto: uno dei suoi più cari amici, noto e stimato professionista, da tutti apprezzato e inserito negli ambienti più virtuosi della sua comunità, aveva intenzione di designare come suo erede un losco personaggio, da pochi mesi trasferitosi nella vicina città dove aveva avviato -

avvalendosi di prestanomi e funzionari compiacenti - svariate attività in campo immobiliare e finanziario.

Tutti coloro che avevano incontrato Mr. Business riferivano di avere avuto di lui una pessima impressione, e la sua reputazione era stata ripetutamente compromessa dal suo comportamento.

Il suo linguaggio era volgare e dispotico, e nelle risposte era sempre vago ed evasivo.

Qualcuno aveva avuto occasione di collaborare con lui e il suo comportamento con chi era alle sue dipendenze era descritto come grezzo, arrogante e accentratore.

Sempre incasinato e scontroso, fumatore accanito, forte bevitore, abituato a mangiare in modo sconsiderato. Insomma, una personalità che sembrava agli antipodi di quella del Dr. Slow.

Enrico Giachilli, professionista stimato e di ampie vedute, infatti era noto a tutti per avere un carattere cordiale, affabile, disponibile.

Il suo comportamento era calmo e riflessivo, orientato all'ascolto, ma sapeva anche essere coinvolgente e carismatico.

Amabile conversatore, con grande capacità di calibrare il suo linguaggio, caratterizzato da chiarezza, trasparenza e sempre efficace nelle sue espressioni.

Il suo volto era spesso illuminato da un sorriso e mentre parlava guardava le persone negli occhi con il suo sguardo accogliente.

Il Notaio Dabeni ebbe il sospetto che il Dr. Slow potesse avere subito da Mr. Business pressioni inconfessabili o ricatti, e tentò di ottenere qualche elemento che gli permettesse di dare un senso a quella che sembrava l'espressione di una volontà priva di qualsiasi logica.

"Caro Enrico, io credo che una pausa di riflessione potrebbe darti la possibilità di meditare attentamente sulla tua decisione. Se io avessi la possibilità di comprendere meglio i motivi della tua richiesta sarei nella condizione di fornirti, oltre che una consulenza professionale più accurata, anche qualche considerazione da amico che ti possa dare spunti di riflessione utili a non tralasciare alcun aspetto della questione."

Il Dr. Slow, pur dando segni di apprezzamento per la solerzia dell'amico notaio, parve irremovibile nel suo intento affermando:
"Le ragioni che mi inducono a prendere questa decisione sono di carattere strettamente privato e non posso condividerle con alcuno. Ti chiedo solo di credere che sono perfettamente consapevole degli effetti di questo mio testamento e che esprimo la mia volontà nel pieno possesso delle mie facoltà, senza alcuna pressione che non provenga dalla mia libertà di coscienza."

"Ti confesso, amico mio, che potrei accettare con più

facilità di redigere e formalizzare queste tue volontà se il beneficiario di tutti i tuoi averi fosse un soggetto meno misterioso e ambiguo di questo Mr. Business. Credo che tu abbia ben chiaro che la sua reputazione sta peggiorando di giorno in giorno, e che sono pochi coloro che non riferiscono di lui in termini negativi, sotto ogni punto di vista."

A questo estremo tentativo di dissuasione da parte del notaio, il Dr. Slow chiuse ogni possibilità di replica:
"Sebbene io comprenda la tua sincerità e buonafede nell'esortarmi a riconsiderare la mia decisione, voglio chiederti di assecondare la mia richiesta in nome della nostra amicizia e senza aggiungere o chiedere altro. Naturalmente la fiducia che ripongo in te mi fa sperare che tu possa accettare questo incarico, ma non posso costringerti e, nel caso contrario, mi rivolgerò - sebbene a malincuore - a qualche tuo collega."

Il notaio comprese che il suo amico era assolutamente irremovibile:
"Stando così le cose" concluse "non posso rifiutarmi di aiutarti. Preparerò i documenti e procederemo secondo la tua volontà."

"Grazie Carlo, apprezzo molto la tua disponibilità. Considero il fatto che tu abbia accettato, pur senza comprendere, una conferma della tua amicizia nei miei confronti, che spero un giorno di poter ricambiare."

I due si salutarono con una calorosa stretta di mano e il

notaio accompagnò alla porta il suo speciale cliente te-
nendogli amichevolmente una mano sulla spalla.

6.

UNO SGRADEVOLE INCONTRO

Il notaio Dabeni era sul marciapiede e stava parlando con un conoscente quando vide Mr. Business scendere dalla sua macchina proprio davanti allo studio del Dr. Slow.

Gli venne d'istinto salutare frettolosamente la persona con cui stava parlando per poter osservare meglio i movimenti di Edoardo Celato. Questo individuo così malfamato si diresse con sicurezza verso il portoncino del dott. Giachilli, il carissimo amico del notaio con il quale pochi giorni prima c'era stato l'incontro per la richiesta di stesura del testamento.

Il notaio affrettò il passo e raggiunse Mr. Business proprio nel momento in cui egli stava infilando con massima disinvoltura la chiave per entrare nello studio del Dr. Slow.

Con un tocco sulla spalla Dabeni lo fece voltare e i due si trovarono faccia a faccia sulla soglia d'ingresso.

“Chi è lei? Cosa vuole da me?” chiese con tono seccato Mr. Business, guardandosi attorno con fare circospetto.

“Sono un amico del dr. Giachilli, e mi farebbe piacere entrare per salutarlo” disse Dabeni.

"Giachilli non c'è: lei aveva un appuntamento con lui?" rispose Celato, senza guardare il suo interlocutore.

"Nessun appuntamento, passavo di qui e volevo solo salutarlo."

"Non credo che avrebbe ricevuto volentieri nessuno che non avesse un appuntamento con lui. In ogni caso io adesso ho da fare e non ho tempo da perdere in chiacchiere" rispose irritato Mr. Business.

"Enrico mi ha sempre accolto con grande piacere, e non ho motivo di dubitare che anche questa volta avrebbe preso volentieri un caffè con me, dato che lo conosco da tantissimo tempo e condivido con lui amicizia e lavoro.
Lei invece conosce il dr. Giachilli da molto tempo?"

"Ho per buona norma quella di farmi sempre i cazzi miei" fu la risposta "ma vedo che invece a lei questa regola non è stata insegnata."

Mr. Business entrò chiudendo il portoncino alle spalle e lasciando il notaio Dabeni sul marciapiede senza parole e con una espressione crucciata che denotava allo stesso tempo irritazione e preoccupazione.

7.

UN **PRANZO RIVELATORE**

La trattoria "Da Gina" era frequentata da persone di varia estrazione.

L'ambiente gradevole e familiare, la qualità del cibo e l'onestà della gestione ne facevano punto di riferimento per lavoratori in pausa, professionisti alla mano, imprenditori e commercianti di carattere pratico e gusti genuini. Era gestita da una signora corpulenta e simpatica che tutti chiamavano - come indicava l'insegna - la Gina, e nessuno conosceva il suo vero nome e cognome. Era una donna di umili origini, intelligentissima e, seppur priva di istruzione, dotata di grande saggezza e acume.

Aveva iniziato da piccola a rendersi utile nella sua famiglia, era dotata di grande senso pratico e aveva una lunga esperienza nel rapportarsi con il prossimo, il che la rendeva molto rispettata da persone di ogni rango sociale.

Aveva uno speciale talento per calibrare le persone fin dalle prime battute: una specie di sesto senso le consentiva di sbagliare raramente nel prevedere il comportamento dei suoi clienti.

"Vedrai che questo avrà da lamentarsi nel pagare il conto..." e puntualmente succedeva che alla cassa sarebbe arrivata la lamentela profetizzata.

"Quello sta aspettando una bella donna." ed ecco che la donna sarebbe immancabilmente comparsa qualche minuto dopo.

"Quel tavolo mi sembra di gente perbene" e la cameriera riferiva di avere avuto un rapporto estremamente cordiale con loro.

"La Gina" era una donna cortese ma schietta, e sebbene svolgesse il suo lavoro con grande discrezione e fosse tutt'altro che pettegola, si supponeva conoscesse come nessun altro vita, morte e miracoli di tutta la comunità, compreso ciò che accadeva "dietro le quinte". Aveva grandi capacità di osservazione, doti fortemente empatiche e sapeva quando e come rapportarsi con i suoi clienti.

Usava colorite espressioni dialettali e - con chi lo sapeva meritare - aveva un grande senso dell'umorismo.

Quel giorno al tavolo si trovarono seduti Aldo Tasso, il direttore della banca locale, Stefano Lavori, brillante imprenditore e suo cliente, il notaio Dabeni e Francesca Leali, segretaria personale del Dott. Slow.

Erano giunti nel locale alla stessa ora e dato che si conoscevano bene non vollero privarsi del piacere di accomodarsi allo stesso tavolo.

La conversazione si svolse fino a un certo punto toccando svariati argomenti di attualità finché il direttore

Tasso chiese alla signora Leali come stesse il dott. Giachilli.

La prima fu una risposta di circostanza, un "bene grazie" che non sembrava tradire alcunché di anomalo.

Il notaio colse però l'occasione per affermare di aver notato che ultimamente era stato insolitamente assente alle riunioni della loro associazione, e che anche quando era stato presente non aveva dato segno di essere molto attento alla discussione, mostrandosi a tratti decisamente distratto. Lasciando le riunioni inoltre aveva inoltre salutato frettolosamente senza trattenersi per la libera conversazione che di solito concludeva gli incontri.

Tali osservazioni vennero confermate anche da Stefano Lavori, a sua volta aderente alla associazione, oltre che cliente del Dr. Slow.

Francesca ascoltando queste parole colse - anche grazie al rapporto confidenziale che aveva con i presenti - l'opportunità per condividere le sue sensazioni sul comportamento strano che il dott. Giachilli teneva anche in ufficio: sebbene mantenesse i suoi modi cordiali manifestava insoliti segni di nervosismo e dava l'impressione di nascondere qualcosa.

Questo cambiamento aveva coinciso con le disposizioni avute direttamente dallo stesso Dr. Slow sul libero accesso, a qualsiasi ora del giorno e della notte, che un certo Edoardo Celato avrebbe avuto al suo studio e -

aveva appreso dalla domestica - anche al suo appartamento.

Francesca affermò di non avere mai avuto prima disposizioni del genere, tanto più che questo Celato era
un soggetto che con la sua maleducazione e la sua pre-
potenza le suscitava inevitabilmente antipatia se non
vera e propria repulsione.

Sentendo queste parole anche la Gina, che si era avvici-
nata per servire i piatti, ribadì con forza: "Neanche io
posso sopportare quello sbruffone! Non viene spesso qui,
perché so che di solito frequenta ristoranti costosi con
privé, ma ogni tanto passa, sempre di fretta e ogni volta
accompagnato con qualche personaggio suo pari, uomini
e donne spregiudicati e arroganti. Una volta l'ho perfino
dovuto riprendere: maltratta la cameriera, si lamenta di
tutto, beve come una spugna, passa tutto il tempo a con-
fabulare e - cosa che mi è sempre sembrata strana - segna
tutto sul conto del Dott. Slow! E dopo, senza fare una
piega, Enrico passa e paga le abbuffate di quel prepotente! Secondo me c'è qualcosa che non quadra!"

Al direttore Tasso parve quindi meno inspiegabile anche l'episodio dell'incidente liquidato sul posto, e Stefano Lavori chiese alla segretaria quale fosse il comportamento del Dr. Slow in presenza di Mr. Business.
La risposta suscitò stupore fra tutti i presenti: "non li
ho mai visti insieme! Mr. Business entra ed esce libe-
ramente, come disposto dal mio titolare, e lo stesso
vale per la casa dove egli abita, ma nemmeno la sua

domestica ha mai avuto modo di vedere i due presenti nello stesso momento!"

La Gina confermò a sua volta di non avere "mai visti insieme" il Dr. Slow con quello che lei definì "il suo protetto".

Era come se il dott. Giachilli evitasse accuratamente di associare la sua immagine a quella dello spregevole personaggio che invece si preoccupava poi di agevolare incondizionatamente, evitando però di incontrarlo in pubblico, anzi persino nella sua dimora.

La domanda "Come sta il dottor Giachilli?" posta alla sua segretaria dal direttore Tasso aveva quindi fatto emergere fra i presenti quanto - in circostanze diverse - uno strano e preoccupante legame stesse ormai confermandosi fra lo stimatissimo professionista e il misterioso Mr. Business, di cui nessuno aveva mai sentito parlare fino a pochi mesi prima.

Il notaio Dabeni non poté rivelare il riservatissimo incarico di redazione del testamento che il Dr. Slow gli aveva insistentemente chiesto di assumere, ma dopo questa conversazione la sua preoccupazione e i suoi timori per il suo amico aumentarono ulteriormente.

8.

LA PROPOSTA DI UN NUOVO PROGETTO

Una delle peculiarità professionali del Dr. Slow era la pratica costante della consulenza integrata, che egli coordinava nel suo studio a beneficio dei suoi clienti.

Mettendo attorno allo stesso tavolo, simultaneamente, soggetti con diverse competenze ed esperienza, sempre di alto profilo e comprovata professionalità, era possibile offrire alle tematiche proposte dai suoi clienti un approccio multidisciplinare e intersettoriale.

In questo modo si poteva affrontare la complessità dei progetti imprenditoriali e aziendali in un'ottica di coerenza, rendendo possibile la valutazione delle opportunità e soluzioni che più erano orientate a generare reali benefici per il cliente, anche nella visione più ampia degli articolati obiettivi sulla sostenibilità.

Quel giorno Stefano Lavori presentava una proposta per il recupero di una ex cava che sarebbe stata adibita a un centro formativo, ricreativo e commerciale dove accogliere svariate attività che al momento non disponevano di luoghi adatti per essere svolte.

Stefano era entusiasta del lavoro che lui e la sua squadra avevano preparato, e da tempo aspettava quel momento.

Mostrando su un grande schermo le immagini tridimensionali della sua idea volle innanzitutto descrivere la sua visione:

"Quello che si vuole realizzare" esordì, "è un complesso di strutture e di spazi integrati e finalizzati allo svolgimento di attività volte a realizzare e promuovere la costruzione e il consolidamento di una Community virtuosa, orientata a generare miglioramento e crescita, prosperità e benessere per tutti i componenti, in un'ottica di integrazione sociale e continuità generazionale".

Il progetto prevedeva un grande spazio centrale adibito a conferenze e convegni, modulabile e flessibile in base alle specifiche esigenze degli eventi in programma.

Nelle aree circostanti sarebbe sorto un campus con luoghi chiusi e aperti per corsi, training e riunioni, oltre a uffici e spazi adibiti ad attività direzionali e amministrative.

Ai margini sarebbero state inserite attività commerciali, un ristorante, due locali per l'intrattenimento, gli spettacoli e l'animazione.

Le soluzioni costruttive previste erano un connubio fra le tradizioni locali, l'impiego di materiali naturali e le più innovative tecnologie per le energie rinnovabili e il riciclo delle risorse impiegate per la sostenibilità ambientale.

La gestione sarebbe stata di tipo partecipativo, e avrebbe coniugato criteri meritocratici - selezionando l'accesso a figure con comprovati curriculum - e l'inclusività, dando accesso a soggetti le cui potenzialità avrebbero potuto essere valorizzate da un sostegno ai talenti e supporto alle fragilità, previa dimostrazione di coerenza e impegno.

Inoltre, le società alle quali sarebbe stata affidata la realizzazione del progetto - un gruppo di PMI ben radicate sul territorio – avevano tutte rendicontato in un elaborato e puntuale bilancio di sostenibilità ogni aspetto riguardante i provvedimenti e le soluzioni adottate per migliorare la propria impronta ecologica, oltre agli aspetti sociali e gestionali dell'organizzazione.

Era anche stata verificata la loro solidità patrimoniale e la loro dotazione di un collaudato controllo di gestione certificato, oltre alla loro compliance generale su tutti gli adempimenti previsti dalla legge e dalle normative, anche di carattere volontario, quali ad esempio il risk management e l'efficienza energetica, la parità di genere e la gestione ambientale.

Queste e altre informazioni sul progetto vennero anticipate al tavolo presieduto dal Dr. Slow, il quale, dopo la conclusione della presentazione, diede la parola ai vari interventi, che espressero considerazioni sulla fattibilità tecnica, economica, giuridica, oltre che convalidare le note positive sull'impatto ambientale, sociale e territoriale del progetto.

Oltre ai pareri dell'ingegnere, architetto, commercialista e avvocato, particolarmente rilevanti furono gli interventi delle collaboratrici dirette del dott. Giachilli: Adelaide Consigli, formatrice e consulente in sistemi di gestione, e Lory Genietti, creativa del marketing, dinamica e sempre informata.

A questi si aggiunsero altri soggetti appositamente convocati per l'occasione: Aldo Tasso, direttore di banca ed esperto di credito e finanza, Franco Delmuro, costruttore edile pratico e schietto, il Sig. Grassi, facoltoso e simpatico commerciante.

Al Dr. Slow toccò come sempre la sintesi finale.

Solitamente la sua capacità di analisi e la sua attitudine a esprimere con lucidità considerazioni utili per un orientamento dell'iniziativa, oltre che a fornire indicazioni e riferimenti precisi per lo sviluppo di contatti e approfondimenti, erano il maggior valore che poteva essere espresso a chiusura dell'incontro.

Questa volta invece le sue conclusioni apparvero appannate e incoerenti.

Già durante la riunione era sembrato poco concentrato, e gli appunti che aveva preso risultavano approssimativi e incompleti.

L'importanza del progetto avrebbe richiesto massima attenzione e considerazione, mentre i partecipanti ven-

nero congedati - seppur con cortesia - con atteggiamento che rivelava scarso coinvolgimento da parte del
Dr. Slow.

Questo non fece altro che aumentare le preoccupazioni
che ormai diverse persone nutrivano sul suo stato di
salute psico-fisica, oltre che i sospetti sulla nefasta influenza esercitata su di lui da Mr. Business.

9.

I PIANI DI MR. BUSINESS

"Quel progetto di merda deve essere fermato! La cava ci serve per sotterrare i rifiuti tossici!"

Mr. Business sedeva alla sua scrivania, mentre davanti a lui il faccendiere Cesare Ombrosi riferiva di avere appreso che il progetto di recupero per la cava dismessa presentato dalla società di Stefano Lavori era sul tavolo della commissione per le autorizzazioni.

"Abbiamo già concordato con tre aziende chimiche che ci occuperemo di far sparire le loro scorie e per questo abbiamo già programmato di trasportarle sul fondo della cava e ricoprirle con macerie regolarmente autorizzate! Se quello stronzo di Stefano Lavori ottiene i permessi per il suo progetto del cazzo il nostro piano va a puttane e ai rifiuti tossici ci pensa la solita camorra, che intascherà i soldi al nostro posto!"

Edoardo Celato era furibondo: un traffico che per lui valeva milioni rischiava di essere bloccato. Era disposto a tutto pur di non perdere il suo losco affare.

Brigitta Rampini, la sua giovane e spregiudicata collaboratrice, lo invitò a calmarsi: c'era una possibilità di risolvere la situazione.

"Il presidente della commissione per le autorizzazioni è Calogero Deboscio, un funzionario che conosco bene perché mi ha invitata diverse volte a cena quando frequentavo l'ente per cui lavora. È un vecchio marpione e sa come usare le donne. Ma questa volta saremo noi a usare lui."

Brigitta era una ragazza molto appariscente, a cui avevano segretamente affibbiato il nomignolo "la rifattona", per i suoi consistenti investimenti profusi in quelli che lei riteneva "miglioramenti" del suo aspetto fisico.

Sempre provocante nell'abbigliamento, in effetti suscitava in certi uomini una forte attrattiva di tipo non propriamente intellettuale.

Capelli fluenti, curve prosperose, labbra sporgenti, occhi sempre pesantemente truccati, tacchi vertiginosi facevano di lei una preda ambita tra i maschi sensibili a questo stile, mentre in altri suscitava sguardi perplessi, tanto erano eccessive perfino le sue scelte nei colori delle minigonne.

In ogni caso Brigitta non passava inosservata, ed essere notata era propriamente il suo obiettivo principale, in quanto fortemente connotata come arrampicatrice sociale.

Il suo scopo era stato sempre quello di arrivare - diceva lei - "in alto, molto in alto" e amava accompagnarsi a personaggi dallo stile di vita opulento e sfarzoso.

E per arrivare "in alto" sarebbe stata disposta a fare - diceva lei - "tutto quello che è necessario", ritenendo di non avere alcun ritegno né scrupolo.

"Cosa pensi di fare?" chiese Cesare Ombrosi.

Brigitta continuò: "A Calogero Deboscio piace la mia compagnia, e quindi gliela concederò nuovamente, ma questa volta lo convincerò a stare dalla nostra parte e a bloccare il progetto di riqualifica della cava. Quello che sarà autorizzato sarà invece il trasporto delle macerie sotto le quali seppelliremo i rifiuti tossici. La torta è grossa, ci sarà una fetta anche per lui."

Mr. Business si tolse gli occhiali scuri, e guardando Brigitta con un sogghigno disse: "Se riusciremo a ottenere quello che dici ti assicuro che la tua fetta di torta sarà anche più grossa della sua..."

10.

UNA RIUNIONE COSTRUTTIVA

Il Dottor Slow ospitava presso i suoi uffici la sede di una associazione da lui stesso fondata, la quale aveva lo scopo di costituire una rete di piccole e medie imprese che potessero usufruire di supporto, assistenza, formazione e nel contempo costituire una community strutturata per generare collaborazioni e sinergie per la condivisione di risorse e informazioni finalizzate alla realizzazione di progetti, servizi e prodotti innovativi.

La sede ospitava anche gli incontri settimanali di un sistema di marketing relazionale il cui scopo era lo scambio di referenze, informazioni, opportunità e contatti, per consentire a coloro che ne facevano parte di fare affari in un sistema protetto e strutturato, oltre che favorire l'apprendimento e la crescita dei membri nelle tematiche di comune interesse.

Un giovane stagista vi aveva trascorso il suo ultimo giorno, e prima di lasciare lo studio del Dr. Slow aveva chiesto di poterlo incontrare per un saluto.

"Dottor Giachilli, la ringrazio infinitamente per avermi accolto nel suo team per tutto questo tempo. Le sarò sempre grato per tutto ciò che ho potuto apprendere e senz'altro tornerò a trovarla, se lei avrà piacere di ricevermi"

"Senz'altro" rispose il Dott. Slow porgendo la mano al giovane studente "adesso che ci conosciamo bene direi che potremmo darci del tu. Ho conservato per questo ultimo tuo giorno di presenza qui con noi un piccolo regalo che spero ti sarà di ispirazione per il tuo futuro".

Il ragazzo scartò il pacchetto e ne estrasse un libro. Leggendo le note di copertina fu colpito dal messaggio che vi era riportato: "Che tu sia o tu voglia diventare imprenditore, professionista, artista, creativo, commerciante, artigiano hai ben chiara una cosa: il tuo lavoro dovrà diventare un buon business. Ma questo non basta.

Tre fattori saranno per te determinanti: RISULTATI, QUALITÀ DELLA VITA, EVOLUZIONE. L'idea di SLOW BUSINESS consiste nell'implementare nell'attività economica questi tre fattori mediante una pratica fondamentale: coltivare RELAZIONI DI QUALITÀ, con tutti i vantaggi che ne conseguono".

"Grazie infinite" disse il ragazzo sorridendo.

In quel momento bussarono alla porta, e il dott. Giachilli andò ad aprire per far accomodare le sue due più strette collaboratrici con cui aveva fissato una riunione, alla quale invitò a partecipare anche il giovane stagista, che accettò l'invito come un inaspettato privilegio.

"Allora, cosa pensate del progetto di recupero della ex cava presentato all'incontro di ieri?"

Il Dr. Slow era interessato a conoscere il parere delle sue collaboratrici e a confrontarsi per stendere la relazione integrativa da sottoporre alla società di Stefano Lavori che aveva illustrato il progetto.

"Si tratta senz'altro di una proposta molto ambiziosa, ma sicuramente realizzabile" esordì Adelaide Consigli, la più anziana ed esperta.

"Ritengo che sia allineata alle esigenze emergenti: da formatrice credo che il problema dell'integrazione fra i programmi didattici e la traduzione di questi in un effettivo apprendimento, concretamente applicabile nei vari settori economici, professionali e sociali sia determinante.

Avere previsto anche l'inserimento di attività commerciali, sedi aziendali, spazi di aggregazione e intrattenimento aperti all'intera comunità territoriale indica una visione sistemica orientata alla generazione di sinergie fra gli ambiti formativi, produttivi e professionali, oltre che la creazione di posti di lavoro qualificanti e qualificati.

Anche la progettazione delle funzioni e degli spazi è decisamente innovativa: non più aule statiche adatte solo a una formazione di tipo frontale ma ambienti modulabili su vari assetti con possibilità di adeguamento alle diverse attività, per favorire interazione, analisi e scambio.

Avere previsto una gestione partecipata con responsabilità condivisa, coordinamento strutturato e rendicontazione economica autonoma mi sembra una scelta lungimirante, coerente con l'idea di favorire la creatività e la valorizzazione di talenti, ma al tempo stesso l'efficienza dei processi e il monitoraggio dei risultati, secondo il ciclo del miglioramento continuo.

Temo che il punto critico sarà come sempre l'ottenimento di tutte le delibere e autorizzazioni burocratiche, anche per il fatto che si prevede la realizzazione di impianti per la produzione di energia rinnovabile"

Lory Genietti, esperta di marketing e comunicazione, concordò su quest'ultimo punto, aggiungendo che la sostenibilità ambientale e sociale del progetto avrebbe favorito la creazione di un'immagine fortemente positiva agli occhi della comunità e delle istituzioni locali.

"Il modello di business è decisamente bene impostato" rilevò Lory "e sono chiaramente identificate le fonti finanziarie che saranno utilizzate. Anche i flussi economici indicati sono realistici e coerenti con le prospettive di mercato. Il ricorso ai contributi pubblici è circoscritto e inquadrato dalla stipula di convenzioni che comportano vantaggi per tutte la parti coinvolte.

Il progetto potrà essere presentato e valorizzato in tutti i canali comunicativi come case-history esemplare nella realizzazione di Comunità di Pratica multidisciplinari e intersettoriali, eco-sostenibili ed economicamente autosufficienti."

Il Dr. Slow concordava con l'analisi delle sue collaboratrici e aggiunse che il team da lui coordinato era perfettamente all'altezza della complessità del progetto e che erano coinvolte tutte le competenze necessarie per il pieno successo dell'iniziativa.

Concordò anche sulla necessità di predisporre una specifica unità operativa dedicata alla predisposizione della documentazione e dell'espletazione delle pratiche burocratiche, che si preannunciavano lunghe e laboriose.

Concluse affermando che si sarebbe egli stesso messo al lavoro per la preparazione di un cronoprogramma dettagliato nel quale sarebbero stati inseriti anche ruoli e mansioni di tutti i soggetti coinvolti.

"Speriamo che non si frappongano ostacoli insormontabili..." sospirò concludendo la riunione.

Queste ultime parole suonarono strane alle sue collaboratrici, abituate a avere dal dott. Giachilli parole di fiducia ed esortazioni alla positività e all'entusiasmo.

11.

IL PATTO CON IL DIAVOLO

Calogero Deboscio si carezzava la grossa pancia mentre ascoltava la voce suadente di Brigitta Rampini. Era un uomo attempato e sciatto, emanava un alito sgradevole e quasi mai si pettinava i suoi pochi capelli unti. Dalla sua posizione di potere era abituato alle manfrine di uomini spregiudicati e donne disinvolte che di volta in volta si approcciavano a lui presupponendo scambi di favori che egli valutava sempre con estrema attenzione.

Era considerato un intoccabile in quanto la sua carica pubblica non era soggetta a scadenze e la copertura del suo ruolo era garantita fino alla data del suo pensionamento, oltre la quale avrebbe incassato una copiosa buona uscita e comunque continuato a percepire un cospicuo assegno mensile.

Era stato insediato grazie a subdole manovre che avevano comportato pressioni e ricatti, attività nelle quali Calogero era da considerarsi un fuoriclasse.

Fin da ragazzo era stato educato dalla sua famiglia piccolo-borghese a ottenere ciò che gli serviva manipolando le persone. Era privo di qualsiasi valore morale, ignorava il significato dell'etica professionale ed era orientato unicamente dai suoi interessi personali, oltre ai quali non considerava nulla e nessuno.

Non avrebbe avuto alcuna prospettiva in ambienti meritocratici, anche perché - avendo ottenuto con mezzi illegali i suoi titoli di studio - non possedeva nemmeno la padronanza della lingua italiana, che parlava in modo sgrammaticato e ridicolmente enfatico.

Ciò non gli impedì di compiere una brillante carriera in uffici dove contano solo le carte bollate e le "conoscenze giuste" intese queste ultime come raccomandazioni di persone abituate allo scambio di bassi favori.

Così era giunto ad occupare la poltrona più alta dell'ente I.N.U.T.I.L.E. (Istituto Normativo Unificato Territoriale Iniziative Lavori Edili & assimilate), di cui presiedeva la Commissione Generale.

La Commissione era stata istituita appositamente per verificare la corrispondenza di qualsiasi intervento comportante qualsiasi modifica a qualsiasi lotto di terreno, edificio, albero, arredo, insegna ecc…

In pratica, si usava dire: "non si può muovere foglia che la Commissione I.N.U.T.I.L.E. non voglia".

Naturalmente l'autorizzazione delle attività era minuziosamente distribuita in sotto-commissioni alla testa della quali erano "sistemati" i vari scagnozzi di Deboscio, secondo una gerarchia strettamente parentale: al nipote neodiplomato (posto a capo di un apposito ufficio) le pratiche più semplici, e poi progressivamente ad altri fedelissimi più esperti quelle complesse, fino alle più importanti, che venivano gestite direttamente da Calogero.

La Commissione I.N.U.T.I.L.E era quindi composta da funzionari e sotto-funzionari più che compiacenti, sicuri che ciascuno avrebbe avuto la sua parte.

Gli impiegati, pur non avendo alcun potere decisionale, godevano a loro volta di privilegi e tutele che li collocavano in quel limbo che qualcuno definiva degli "iper-garantiti". Nessuna responsabilità diretta sulla quantità e qualità del lavoro svolto e sui risultati prodotti, carriere ordinarie basate esclusivamente su criteri di anzianità.

Le carriere straordinarie invece si basavano su criteri ufficialmente imparziali ma che nella realtà i funzionari avevano ben chiaro come rendere molto "parziali".
In un ambiente siffatto, ovviamente, il clima che regnava era quello dell'ignavia fra gli impiegati, dell'invidia, del sospetto e della convivenza ipocrita e cinica fra i funzionari.

Ovviamente, data la sua rilevanza, la questione del recupero dell'ex cava finì direttamente sul tavolo di Deboscio.
E proprio quel progetto fu l'argomento della conversazione fra lo stesso Deboscio e Brigitta Rampini.

"Carissimo Calogero" esordì la donna "innanzitutto ti ringrazio per avermi ricevuta. So che sei molto impegnato e raramente concedi personalmente colloqui relativi alle pratiche di tua competenza. Ti trovo molto bene e mi fa un grande piacere rivederti dopo il nostro incontro al ristorante. Ho un bellissimo ricordo di quella serata..."

Calogero sorrise compiaciuto "Carissima Brigitta, come dimenticare la nostra cena? Il dolce con il quale l'abbiamo conclusa aveva un gusto che ho davvero molto apprezzato. Ma dimmi pure, quale è il motivo della tua visita?"

"Come saprai, sto collaborando con Edoardo Celato, un imprenditore che sta dimostrando di avere capito molto bene come funzionano certi affari, ha forti ambizioni ed è disposto a condividerle con chi sia in grado di agevolarlo."

"Ho sentito parlare di lui. Lo chiamano Mr. Business. Credo di aver capito che ha contatti in ambienti molto influenti e mi pare si stia muovendo con scaltrezza e andando dritto al sodo" rispose Deboscio.

"Hai capito bene" confermò la Rampini.
"Questa volta si tratta di rimuovere un ostacolo a un suo affare che potrebbe valere milioni e che sarebbe di grande utilità per la nostra comunità."

Calogero annuì: "Se posso rendermi utile per la nostra comunità sono sempre ben disponibile."

"Ebbene: tutti noi conosciamo il problema dello smaltimento delle macerie derivato dalle demolizioni edili" iniziò a spiegare Brigitta "ci sarebbe l'opportunità di utilizzare la vecchia cava per questo importante scopo. Oltretutto le macerie edili sono sostanzialmente inerti e il loro interramento non comporterebbe alcuna conseguenza. Questo ci permetterebbe di improntare una bella campagna di comunicazione orientata a mettere in evidenza il carattere ecologico dell'operazione, e di dare una bella immagine "green" alla società incaricata dell'intervento.

Le procedure potrebbero quindi essere semplificate e alla fine dei lavori sulla superficie il comune potrebbe ricavare un giardino pubblico con le panchine per gli anziani, le altalene per i bambini, un'area per i cani e magari una bella fontana, che sarebbe apprezzata da tutti e farebbe fare bella figura anche al Sindaco."

Le parole della Rampini furono capite al volo da Calogero che riflettendo ad alta voce aggiunse: "si tratta però di decidere se i permessi per il recupero della cava devono essere assegnati all'operazione di cui mi stai parlando oppure al progetto che è in corso di elaborazione da parte di un altro imprenditore che pare abbia tutt'altre idee sul destino di quell'area..."

"Proprio così" aggiunse Brigitta "come al solito hai già compreso perfettamente. Da una parte abbiamo una interessante operazione che potrebbe risolvere il problema dello smaltimento delle macerie, con grandi vantaggi economici che Mr. Business sarebbe ben disposto a condividere, dall'altra un complicato progetto che rischia di danneggiare l'economia locale e alterare gli equilibri introducendo funzioni di cui nessuno è al momento in grado di capire la vera utilità."

Deboscio annuì: "Potrei anche essere d'accordo. Dovrei solo capire meglio i vantaggi economici a cui hai accennato."

"Di questo potremo parlare al ristorante" fu la risposta.

"Molto bene. Fisseremo una cena, che concluderemo con il mio dolce preferito. Quando tutto mi sarà più chiaro potrò anche fare la conoscenza di Mr. Business e avere da lui tutti i chiarimenti del caso". Calogero si alzò per accompagnare Brigitta Rampini alla porta.

"Sarà un piacere presentartelo" concluse provocante la donna, salutando Calogero sorridendo e carezzandogli leggermente la mano.

12.

UNA NOTIZIA DELUDENTE

Mentre leggeva la comunicazione che riportava le decisioni della commissione I.N.U.T.I.L.E, Stefano Lavori non poteva credere ai suoi occhi.

Il suo progetto di recupero della ex cava era stato "RESPINTO" in quanto "privo dei requisiti di idoneità e inadeguato alle caratteristiche del sito". Firmato: Calogero Deboscio - Responsabile Unico

Non vi erano altre indicazioni, e Stefano non riusciva a capacitarsi che tutto il lavoro profuso nel produrre la documentazione necessaria per illustrare il progetto e motivarne le scelte e le soluzioni fosse stato liquidato così, in poche aride parole.

Contattò immediatamente il Dr. Slow per metterlo al corrente della comunicazione che aveva ricevuto, ma non ottenne altro che generiche parole di rammarico e - cosa che gli parve sorprendente - un pacato invito alla rassegnazione.

Riunì il suo gruppo di lavoro e si confrontò con tutti per poter stabilire il da farsi. L'avvocato chiese gli estremi della comunicazione per poter istruire un ricorso, anche se era evidente che i tempi sarebbero stati lunghi e l'esito incerto.

Stefano non si sarebbe arreso facilmente. Quel progetto per lui era troppo importante: era il coronamento di un sogno che partiva da molto lontano.

La sua era stata una carriera iniziata presto, in quanto era stato educato a credere in sé stesso e, da subito, aveva deciso di mettersi in gioco e di valorizzare al massimo i suoi talenti e la sua intraprendenza. Oltre alle scuole istituzionali, aveva frequentato i percorsi formativi nelle discipline che gli erano necessarie per raggiungere i suoi obiettivi. Aveva girato il mondo facendo innumerevoli esperienze di lavoro, mettendosi sempre in gioco, commettendo errori, apprendendo lezioni, passando attraverso straordinari successi, ma anche delusioni e fallimenti.

Oltre a essere dotato di una formazione tecnica e professionale di primo livello, che aggiornava con continuità, Stefano aveva personalmente maturato straordinarie doti di ascolto empatico e capacità di leadership, team building, team e time management, anche mediante percorsi esperienziali di forte impatto.

Aveva anche ottime capacità comunicative che esercitava ad ampio spettro, sia in modalità convenzionali che innovative.

Poteva contare su un ampio inventario di relazioni di straordinaria qualità, avendo investito gran parte del suo tempo a costruire rapporti edificanti e virtuosi, fondati sui valori di reciprocità e condivisione, con uomini e donne di valore.

Aveva dedicato energie e risorse a strutturare una organizzazione efficiente, flessibile e dinamica, creando collaborazioni con i migliori operatori e attingendo a competenze fra le più avanzate in ogni settore.

Nella sua organizzazione un ruolo centrale era riservato alle tematiche della inclusività e delle pari opportunità, del welfare aziendale e della trasparenza di gestione, dell'anticorruzione e della gestione dei rischi aziendali.

Tutto ciò gli aveva consentito di registrare la sua fra le prime "società benefit" costituite nel nostro Paese.

Al fine di mantenere sempre alta la coerenza e l'impegno e per favorire l'evoluzione dell'organizzazione in adeguamento ai cambiamenti di contesto, in azienda era implementato e costantemente aggiornato un programma di formazione continua su tutte le tematiche riguardanti la sostenibilità. La gestione partecipata era garantita da un programma orientato alle pratiche della *learning organization*. Tutto ciò aveva fatto di lui un imprenditore ammirato ovunque

Stefano aveva capito che era giunto il momento di mantenere la promessa che aveva fatto a sé stesso: realizzare un luogo ideale per lo sviluppo di una comunità armoniosa, orientata a generare miglioramento e crescita, prosperità e benessere, nel rispetto delle persone, dell'ambiente e della libertà d'impresa.

Anche se sapeva di vivere in un Paese dove il merito
non è valorizzato e i sogni non sono incoraggiati, conosceva bene le sue potenzialità, e non poteva accettare che un burocrate ponesse fine al suo sogno.

13.

DALL'INTERCETTAZIONE ALLA LATITANZA

"Signora giudice, ecco il rapporto sulle intercettazioni telefoniche dell'indagine sul traffico di rifiuti tossici. Le segnalo che questa volta abbiamo registrato una conversazione che sembra non lasciare dubbi sui suoi sospetti del coinvolgimento di Edoardo Celato, a tutti noto come Mr. Business..."

Giovanna Mastini, la magistrata che da tempo stava seguendo le indagini fondate sui sospetti che ci fossero grosse aziende implicate in attività illegali fortemente nocive per l'ambiente, lesse attentamente la conversazione trascritta dal suo collaboratore.

"Ottimo lavoro. Ero certa che questo ambiguo personaggio ormai stesse passando dalle intenzioni ai fatti. Fai preparare un mandato di perquisizione per il suo appartamento e i suoi uffici. Sono sicura che raccoglieremo le prove necessarie per la sua imputazione."

Poche ore dopo, gli uomini da lei incaricati si presentarono simultaneamente nell'appartamento di Edoardo Celato e nei suoi uffici, dove vennero ricevuti dalla segretaria, la signora Sandra Nervi, che nel vedere le divise ebbe una crisi isterica e iniziò a sbraitare che Celato non c'era e che non lo vedeva da diversi giorni.

Nell'appartamento invece nessuno venne ad aprire e i poliziotti dovettero forzare la porta per effettuare la perquisizione.

A conferma dei sospetti della Mastini, vennero rinvenuti documenti comprovanti il contenuto delle intercettazioni e a carico di Mr. Business fu spiccato un mandato di cattura.

La giudice iniziò l'analisi dei documenti e predispose alcune verifiche incrociate per cercare di risalire a eventuali complici e dopo un paio di giorni il dossier che le venne presentato sul tavolo la riempì di soddisfazione.

"Ah, qui volevo arrivare! Non avevo dubbi che Mr. Business avrebbe coinvolto nei suoi sporchi affari anche qualche funzionario compiacente e non mi sorprende che emerga il nome di Calogero Deboscio, nientemeno che il Responsabile Unico della Commissione I.N.U.T.I.L.E.

Sono anni che sostengo che quel poltronaro è colluso con il malaffare, ma finora non ero mai riuscita a incastrarlo. Questa volta temo per lui che non riuscirà a farla franca! Preparate un mandato di comparizione: voglio interrogarlo personalmente al più presto."

Giovanna Mastini era una persona di esemplare moralità e radicata etica professionale.
Radicata significa che aveva appreso dai suoi genitori

l'importanza del rispetto delle regole, che alla considerava alla base della convivenza in un paese civile.

Anche dopo che fu entrata in magistratura, continuava a preferire alla parola "legge" la parola "regola".

"Una regola" affermava "non è da considerarsi una gabbia ma bensì un accordo, sul quale si stabilisce che dovranno essere allineate le azioni di ciascuno, per poter conseguire i propri legittimi interessi nel rispetto degli altri. Non esiste un modo diverso per consentire alla collettività una pacifica convivenza, nella quale vivere il presente e costruire un futuro".

Aveva quindi deciso di entrare in magistratura non già perché le piacesse fare la dura esibendo uno status (atteggiamento che al contrario osteggiava anche nei suoi subordinati) ma proprio perché sentiva che la sua missione era quella di tutelare non tanto l'ordine quanto il rispetto delle regole condivise, alle quali attribuiva il senso di ogni civiltà evoluta.

Appassionata di filosofia, aveva fatto sua la massima di Kant "il cielo stellato sopra di me, e la legge morale dentro di me". Considerava infatti la morale come il faro che deve orientare ogni essere umano nella sua esistenza.

Non era affatto moralista, e infatti non metteva la sua morale al centro di qualsiasi etica, ma era tollerante nei confronti di chiunque professasse una morale diversa dalla sua, e con costoro amava confrontarsi e dialogare.

Non tollerava invece le persone prive di morale in quanto, diceva: "Vivere senza senza morale è come essere in barca senza vela né timone, in balia delle onde verso la deriva della propria esistenza."

Giovanna era molto frustrata della situazione nella quale era chiamata ad operare, e negli anni aveva assistito al degrado del sistema della Giustizia.

Nella patria del diritto doveva sopportare la crescente presenza di burocrati ottusi, funzionari corrotti, giudici politicizzati e ogni altro tipo di quella che lei chiamava una "fauna indecente", che nelle cause ordinarie creava una paurosa inefficienza, mentre nelle questioni di alto livello paralizzava i processi, insabbiava le sentenze, aggiustava i ricorsi a favore di questo o di quell'interesse.

Nonostante ciò, non riusciva a concepire una alternativa a quella di battersi con l'esempio e l'impegno quotidiano per migliorare le istituzioni, e anzi temeva che una deriva di queste ultime sarebbe stata l'anticamera della fine della democrazia, già gravemente in crisi, come era evidente dalla situazione che era sotto gli occhi di tutti.

"Le regole di uno Stato vanno rispettate" continuava con grande sforzo a sostenere "e se le regole non vanno bene si devono cambiare utilizzando metodi democratici".

Ciò che la confortava era il fatto di poter contare su uno staff di collaboratori molto affiatati che le avevano sempre dimostrato lealtà e sui quali sapeva di poter contare in ogni caso.

Il mandato di comparizione per Deboscio venne preparato e giunse sul suo tavolo per la firma. Nel momento in cui si accingeva a prendere la penna, sentì bussare alla porta: "Avanti" disse Mastini.

Era il suo collaboratore che gli portava una notizia appena pervenuta: Calogero Deboscio era morto in un incidente d'auto.

Il giorno successivo, tutti i giornali avevano la notizia in prima pagina: Calogero Deboscio, funzionario responsabile della commissione I.N.U.T.I.L.E. era precipitato con la sua auto in una scarpata e il veicolo si era incendiato. Accanto al corpo carbonizzato dell'uomo era stato rinvenuto quello di una donna la cui identità era ancora oggetto di accertamenti.

Erano in corso indagini ma iniziarono a trapelare delle indiscrezioni.

Si sospettava che i freni fossero stati manomessi e che il corpo della donna fosse quello di una certa Brigitta Rampini, forse la sua amante.

Giovanna Mastini aveva invece ben chiaro chi fosse la Rampini, dato che aveva disposto di intercettare anche le sue telefonate, in quanto stretta collaboratrice di Edoardo Celato.

Il quadro si stava chiudendo: Celato, mediante intermediazione della Rampini, aveva ottenuto da Deboscio l'impegno a consentire l'utilizzo della ex-cava per l'occultamento di rifiuti tossici, che sarebbero stati interrati sotto macerie edili regolarmente autorizzate. Vennero anche rinvenuti i primi flussi di denaro su conti esteri, ma il principale imputato, Mr. Business, su cui ormai gravavano anche i pesanti sospetti di essere il responsabile della morte dei suoi due complici, sembrava essersi letteralmente volatilizzato.

Nessuno lo aveva più né visto né sentito, e tutte le disposizioni per intercettarne anche i minimi spostamenti o attività non ebbero alcun esito. Edoardo Celato sembrava letteralmente scomparso nel nulla.

14.

LA DEPRESSIONE DEL DR. SLOW

Il caso era ormai diventato di pubblico dominio e tutti gli elementi raccolti presupponevano l'avvio di un processo penale in contumacia a carico di Edoardo Celato, a tutti noto come Mr. Business.

"Ti posso assicurare che non avrò mai più con lui contatti o rapporti di nessun tipo."

Il Dr. Slow stava cercando di rassicurare il notaio Dabeni sul fatto che, pur non potendo sapere dove colui che fino ad allora era evidentemente e inspiegabilmente considerato il suo "protetto" si fosse rifugiato, era fuori discussione qualsiasi ulteriore rapporto a contatto da parte sua.

"Non potevo sapere che Edoardo Celato sarebbe arrivato a tali efferatezze, ma ora ti giuro che per nulla al mondo prenderò seppur lontanamente in considerazione l'idea di rivederlo" aggiunse.

"E per quanto riguarda il tuo testamento?" chiese il notaio.

Il volto di Enrico Giachilli si fece pallido, e dovette sedersi su una sedia perché sembrava stesse per avere un mancamento.

"Il testamento..." mormorò mettendosi la testa fra le mani.

"Possibile che nemmeno adesso tu riesca a rivelarmi per quale ragione stavi decidendo di nominarlo tuo erede? Se io sapessi magari potrei..."

Dabeni stava tentando di offrire nuovamente aiuto al suo carissimo amico, tanto più che soffriva a sua volta nel vederlo in quelle condizioni disperate.

"Ti garantisco che non potresti fare nulla" fu la laconica risposta di Giachilli.
"Nulla..." e poi si chiuse in un silenzio grave e impenetrabile.

Il comportamento del Dr. Slow, successivamente alla scomparsa di Mr. Business, apparve a tutti inspiegabile. Ridusse progressivamente tutti i suoi incontri, aveva perennemente un'espressione contrita e sembrava nascondere un pesante fardello.

Aveva iniziato con il trascurare il lavoro e negli ultimi giorni si era chiuso in casa, rifiutando ogni visita o incontro, licenziando perfino la sua domestica.

Quando iniziò a non rispondere più al telefono la preoccupazione per le sue condizioni divenne altissima, a tutta la comunità era in apprensione per lui.

15.

UNA DECISIONE DRASTICA

Il notaio Dabeni offrì un caffè prima di aprire l'incontro al quale aveva convocato le persone più vicine al Dr. Slow per affrontare insieme a loro il suo caso, che ormai sembrava avere assunto dimensioni drammatiche.

Il dott. Giachilli era vedovo, e il suo unico figlio venne da lontano, preoccupato per avere avuto dalla sua ultima visita al padre una impressione molto preoccupante, sentendosi rifiutare seccamente anche la proposta di una semplice visita medica.

Al tavolo, oltre alla sua segretaria, Francesca, erano presenti le sue strette collaboratrici, Adelaide e Lory.

Anche Stefano Lavori e il direttore Tasso erano stati invitati all'incontro.

"È ormai chiaro a tutti" esordì Dabeni "che le condizioni del nostro caro Enrico peggiorano di giorno in giorno, e che tutto ha avuto inspiegabilmente inizio con l'emersione del caso giudiziario che ha visto coinvolto Mr. Business, al quale il Dr. Slow era legato per motivi che nessuno di noi ha mai potuto conoscere. Edoardo Celato è scomparso nel nulla ma ai nostri occhi altrettanto scomparso sembra il nostro caro amico e collega, che - seppur non facendo mistero del suo domicilio - è di fatto auto-segregato da troppo tempo. Lo scopo di questo incontro è quello di arrivare possibilmente a una decisione su qualche azione da prendere per superare questa situazione, prima che sia troppo tardi."

Il figlio affermò che la sua preoccupazione principale sarebbe stata quella di accertarsi delle condizioni di salute psico-fisica del padre.

La segretaria concordò con le collaboratici che a nulla sarebbe servito provare a convincerlo a recarsi presso uno studio medico, dato che loro stesse avevano già inutilmente tentato di fissare nella sua agenda un appuntamento.

Stefano Lavori e il direttore ritennero che a questo punto, per il bene di Enrico, in ogni modo avrebbero dovuto farlo incontrare con una persona competente che avrebbe potuto innanzitutto verificare le sue condizioni e tentare una diagnosi. Da lì si sarebbero poi potuti valutare i rischi che il Dr. Slow stava correndo e quindi assumere decisioni sul da farsi.

"Sono d'accordo con voi. Innanzitutto, dobbiamo accertarci delle sue condizioni di salute, e dovremo farlo in ogni caso. Propongo di organizzare una visita direttamente a casa di Enrico da parte del figlio, il quale più di tutti avrà la possibilità di avere accesso alla sua abitazione.

Un medico e uno psicologo si terranno pronti ad accedere a loro volta, dopo che il figlio lo avrà convinto a ricevere la loro visita. Io stesso sarò sul posto per tentare - nel caso in cui fosse necessario - di persuadere Enrico a sottoporsi almeno a un colloquio con i dottori.

Dall'esito di questo tentativo dipenderà cosa potremo eventualmente fare in futuro per fornirgli tutto l'aiuto necessario, nella speranza che egli possa tornare alla normalità"

La proposta venne accettata e, avuta la disponibilità dei medici, l'incontro venne fissato per l'indomani.

16.

LETTERA DI CONFESSIONE
(liberamente tratta da R.L.B. Stevenson)

"Mio amatissimo figlio, cari amici, stimati colleghi e collaboratori non potendo ormai più nascondere l'evidente stato di forte alterazione della personalità che sto vivendo in questi giorni, e che è ormai evidente a tutti, sento il dovere di scrivere questa lettera con la quale molti misteri saranno finalmente chiariti.

Tutti voi conoscete la mia storia, o meglio ne conoscete la parte che arriva fino all'ultimo anno.

Una grande intelligenza, insieme con eccellenti doti naturali, una naturale inclinazione al lavoro e il desiderio di essere rispettato dai più saggi e più buoni fra i miei simili pareva dovesse garantirmi un futuro brillante e onorevole.

In realtà il peggiore dei miei difetti era una celata ambizione a facili guadagni, da ottenere anche con mezzi poco trasparenti, che per molti uomini significano la via verso la felicità ad ogni costo, ma che io trovavo difficilmente conciliabile con il mio imperioso desiderio di attenermi alle regole morali che mi erano state inculcate.

Nacque così l'abitudine di nascondere certi miei affari segreti, e quando giunsi a una maggiore maturità e cominciai a guardarmi attorno e a considerare la mia carriera e la mia posizione nel mondo, ero ormai assuefatto a una profonda duplicità di vita.

Mentre molti si sarebbero addirittura vantati dei miei lucrosi interessi, io me ne sentivo colpevole, e dati gli alti valori che mi ero proposto, li nascondevo con senso di vergogna quasi morboso.

Pur conducendo una duplice vita non ero affatto un ipocrita: ambedue le mie nature erano assolutamente spontanee. Non ero meno me stesso quando trafficavo privo d'ogni scrupolo, celato nell'ombra della mia vita segreta coperta da prestanomi, che quando mi impegnavo, alla luce del sole, a rendere servizio con il mio lavoro a tutti coloro che potevano avvalersi della mia provata professionalità.

Giorno dopo giorno, con tutti e due i lati della mia intelligenza, quello morale e quello intellettuale, mi avvicinai alla verità, la cui piena realizzazione doveva portarmi a un così spaventoso naufragio: l'uomo non è in verità uno, ma duplice! Dico duplice perché il mio attuale stato di esperienza non oltrepassa questo limite, nella consapevolezza che altri hanno teorizzato la natura dell'uomo come un conglomerato di svariate entità, incoerenti l'una con l'altra.

Da tempo avevo imparato a carezzare, come un meraviglioso sogno ad occhi aperti, l'idea di separare questi due elementi.

Se ciascuno di essi, mi dicevo, potesse essere chiuso in entità separate, la vita sarebbe priva di tutto ciò che è insopportabile

Il malvagio se ne andrebbe per la sua strada, liberato dalle aspirazioni e dal rimorso nascenti dal confronto con il suo gemello buono; il giusto percorrerebbe tranquillo e sicuro il suo nobile sentiero, compiendo il bene che è il suo piacere e non più esposto al disonore e al castigo per i propri impulsi malefici.

Fu durante il mio ultimo viaggio, che mi concedetti per prendere una pausa da un periodo particolarmente intenso, che il destino mi si presentò sotto la forma di un commerciante di spezie.

Vagavo incuriosito fra le bancarelle di un mercato quando fui irresistibilmente attratto da un odore intenso e pungente, e non poteri fare a meno di fermarmi davanti a uno scaffale dove era esposta una polvere di colore viola intenso, dalla quale emanava quell'aroma sconosciuto ma attraente.

Il mercante pareva attendermi, e mi si rivolse con un atteggiamento tanto familiare da rendermi quasi naturale l'acquisto di quella sostanza, che aveva il nome di zafferano viola e - mi venne detto - poteva avere speciali proprietà.

Quando, tornato a casa, cucinai il primo piatto con il quale usai quel particolare condimento, fui preso da una inspiegabile eccitazione, la quale si rivelò giustificata dalla sbalorditiva esperienza che seguì subito dopo che ebbi terminato il mio pasto.

Non avevo ancora svuotato completamente il mio piatto quando fui preso dai dolori più atroci: sentivo le ossa rotte, una nausea mortale e l'animo in preda a un orrore che certo non è più grande nell'ora della nascita o della morte. Poi questa agonia cominciò rapidamente a calmarsi e tornai in me come se uscissi da una grave malattia.

C'era adesso qualcosa di strano nelle mie sensazioni, qualcosa di indescrivibilmente nuovo, e incredibilmente dolce e piacevole.

Mi sentivo più giovane, più leggero, più felice; sentivo anche che dentro di me si era prodotto uno sconvolgimento della ragione.

Un fiotto di immagini eccitanti che correvano in disordine nella mia fantasia, come la rapida di un mulino, l'annullamento di qualsiasi limite e obbligo, una sconosciuta, perversa e totale libertà dell'anima.

Al primo soffio di questa nuova vita seppi di essere dieci volte più avido, cento volte più disonesto: un pensiero che in quel momento mi fece gioire e delirare, come una coppa ricolma di vino spumeggiante.

Tesi in alto le braccia, esultante per la freschezza di quelle sensazioni, e in quel modo, straniero nella mia casa, mi avvicinai allo specchio e per la prima volta vidi apparire colui che da quel momento in poi sarebbe stato da tutti conosciuto come "Mr. Business".

Sostai non più di un momento davanti allo specchio: ora mi restava da vedere se avevo perduto la mia identità senza possibilità di ritorno, e dovevo fuggire, prima che facesse giorno, da una casa che non era più la mia.

Tornai in cucina, disciolsi in un bicchiere una piccola quantità della stessa spezia che mi aveva trasformato, e bevvi con avidità: di nuovo soffrii gli spasmi della disintegrazione e tornai in me con l'aspetto e il carattere di Enico Giachilli, il Dr. Slow.

Quella notte ero giunto al bivio fatale, e da subito il mio nuovo potere mi tentò fino a farmi schiavo.

Non avevo che da assumere la spezia per liberarmi di colpo dello stimato Dr. Slow e assumere, come un pesante mantello, l'opposta identità di Mr. Business.

Quell'idea mi faceva sorridere, e in principio mi parve addirittura eccitante.

Presi e ammobiliai la casa in città, dove poi Mr. Business fu cercato dalla polizia.

D'altra parte, disposi presso tutti i miei collaboratori che un certo Edoardo Celato (e lo descrissi) aveva nella mia cittadina piena disponibilità delle mie proprietà e dei miei spazi, dalla mia macchina alla mia casa, passando per gli uffici e quant'altro, e per evitare equivoci mi mostrai ripetutamente nelle sue vesti per renderlo a tutti familiare, seppur - a causa della sua personalità spregevole - da tutti disprezzato.

Scrissi poi quel testamento, che venne considerato incomprensibile, con il quale disponevo consistenti lasciti a suo favore.

Credetti così di essermi messo al sicuro da ogni parte, e di poter approfittare della strana immunità che mi dava la mia inverosimile posizione.

Divenni così il primo che potesse vivere in pubblico, ammantato della stima e del rispetto dell'uomo superiore, e poi in un momento, come uno scolaro indisciplinato, potesse togliersi dall'involucro e tuffarsi a capofitto nel mare della totale e incondizionata libertà morale.

Per me, nel mio impenetrabile mantello, la sicurezza era totale: in pratica neanche esistevo!

Mi bastava entrare nella mia cucina, assumere disciolta in un bicchiere d'acqua la spezia miracolosa che tenevo sempre pronta; e qualunque cosa avesse fatto, Mr. Business sarebbe svanito come il vapore del fiato su uno specchio, e al suo posto, tranquillamente a casa, occupato nella sua solita quotidianità, sarebbe stato Enrico Giachilli, un uomo che poteva permettersi di ridere d'ogni sospetto.

Questo fratello che avevo evocato dalla mia stessa anima solo perché soddisfacesse i suoi impulsi era una creatura perfida e priva di scrupoli.

Ogni suo atto, ogni suo pensiero nascevano dall'egoismo, godeva nel manipolare gli altri per realizzare i suoi meschini propositi, era spietato, fatto di pietra.

Il Dr. Slow rimaneva talvolta esterrefatto davanti alle azioni di Mr. Business, ma dopo tutto era Mr. Business, e solo lui, il colpevole. Il Dr. Slow non era peggiore di prima: si risvegliava ai suoi buoni propositi apparentemente immutato; spesso quando era possibile, si sforzava persino di rimediare al male fatto da Mr. Business. E così la sua coscienza si assopiva.

Il dramma iniziò la mattina in cui realizzai di avere perso il controllo di quel gioco perverso.

Appresi infatti della notizia che le indagini messe in atto per scoprire il responsabile di un grave fatto di corruzione al quale erano collegati anche presunti omicidi, fosse stato individuato in un soggetto che aveva falsificato i suoi documenti con il nome di Edoardo Celato, che il suo appartamento era stato perquisito e che l'uomo aveva fatto perdere le sue tracce.

Gli inquirenti erano però in possesso di numerose prove che comprendevano una documentazione inequivocabile.

A suo nome era stato spiccato un mandato di cattura,

la sua immagine era stata divulgata anche su tutti i media e una ricompensa sarebbe stata riconosciuta a chi avesse dato notizie utili al suo arresto.

Al momento mi parve di non dover avere nulla da temere, in quanto nessuno avrebbe potuto nemmeno accennare al seppur minimo sospetto sulla mia persona: avrei semplicemente dovuto astenermi dal provocare nuovamente la mia segreta trasformazione.

Peraltro, mi resi conto che lo zafferano viola nella credenza stava ormai terminando, e che quindi avrei comunque dovuto prima o poi chiudere questa incredibile esperienza che aveva così follemente caratterizzato la mia vita dal momento del mio incontro con il mercante sull'isola.

Ben presto però dovetti rendermi conto che il mio corpo ma soprattutto la mia mente reclamavano fortemente una nuova dose della spezia, essendomi evidentemente ridotto alla condizione di dipendenza.

I miei momenti di lucidità si sono progressivamente ridotti e quello che permette in questo momento di scrivere queste righe potrebbe essere uno degli ultimi barlumi di coscienza prima del delirio.

A questo punto si impone la necessità di una drammatica scelta.

Le mie nature hanno la memoria in comune, ma tutte le altre facoltà sono divise in modo assai ineguale.

Il Dr. Slow (che è di natura complessa) è proiettato nei piaceri e nelle avventure di Mr. Business, e vi partecipa ora con trepida preoccupazione, ora con avido entusiasmo, ma Mr. Business, i cui istinti e necessità sono basici ed essenziali, non ha che indifferenza per il Dott. Slow, o al massimo pensa a lui come il bandito della montagna pensa alla caverna nella quale si nasconde quando è braccato.

Rinunciare a trasformarmi in Mr. Business significherebbe morire alle sfrenate ambizioni che per me rappresentano una tremenda attrazione.

Compromettere la mia identità di Dr. Slow significherebbe morire agli alti propositi, e diventare, di colpo e per sempre, disprezzato e senza amici.

Il baratto potrebbe apparire diseguale, se non che vi è un'altra importante considerazione di grande rilievo: mentre il Dr. Slow soffre disperatamente nel fuoco dell'astinenza, Mr. Business non si rende nemmeno conto di quello che perde, e non subisce alcuna penalizzazione assumendo il suo stato.

I termini del contrasto sono comuni e vecchi come l'uomo, e non basta decidere di scegliere di alimentare la parte migliore di sé, se poi non si mantiene costante la forza necessaria a tenerla in vita.

Eccomi dunque tormentato dal dubbio più atroce: quale sarà in definitiva la mia decisione?

Troverò la determinazione di disfarmi di quanto resta della spezia che rappresenta per me la trasformazione più ambita e disprezzata, e di prepararmi alla terribile astinenza che mi aspetta, nell'impossibilità di assumere questa sostanza per me ormai diventata necessaria?

Oppure preferirò imbarcarmi questa notte stessa sul primo aereo diretto su quell'isola che rappresentò per me l'inizio di tutto, procurarmi una grossa quantità di zafferano viola, e dirottare la mia esistenza in luoghi lontani, per continuare la mia ambigua vita in altre città dove potrò continuare a dividermi fra le mie due contrastanti identità? …"

Il Dott. Slow non riusciva a trovare le ultime parole per concludere la lettera, e si alzò tenendosi il capo fra le mani, e riflettendo fra sé.

"Il momento della decisione è ormai giunto" mormorò serrando i denti: "firmerò questa lettera e mi recherò in cucina per prendere la spezia dal suo ripostiglio.

Se qualcuno nei prossimi giorni troverà questa confessione sul mio tavolo, significa che nessuno di coloro che mi conoscono avrà mai più modo di vedermi né di parlarmi, e avrò dunque lasciato tutti con la vergogna della mia debolezza, che spero umanamente potrà essere perdonata.

Se invece distruggerò questo foglio insieme alla spezia maledetta, allora porterò per sempre dentro di me questo segreto, confidando che le persone a me più care potranno bastare con il loro aiuto a condurmi fuori dalla profonda depressione nella quale dovrò inevitabilmente cadere, per riportarmi alla luce - rinato a me stesso - dopo avere superato per sempre il mio conflitto interiore, finalmente degno di ripresentarmi al mondo con il volto e l'identità che tutti conoscono con il nome di

Enrico Giachilli "Dr. Slow".

Appendice 1:
BREVISSIMA STORIA DELL'UMANITÀ

BREVISSIMA STORIA DELL'UMANITÀ
dalla clava alla crisi ambientale,
con accelerazione finale...

Siamo ormai giunti al momento del dubbio necessario: la direzione in cui stiamo andando porta davvero alla realizzazione di un autentico progresso dell'umanità verso un futuro migliore?

Ma, come siamo giunti a questo dubbio? Difficile dare una risposta univoca, e questo non vuole certo essere tentativo di darla.

Semplicemente, voglio qui di seguito elencare alcune tappe cruciali dell'evoluzione della nostra specie sul pianeta Terra, come stimolo di riflessione.

200 mila anni fa compare l'homo sapiens
10 mila anni fa primi gruppi stanziali
6 mila anni fa prime civiltà
3000 a.C. nascita delle prime forme di scrittura

Nei successivi 5 mila anni l'evoluzione dell'essere umano si è diversificata nei continenti vedendo l'avvicendarsi di ascesa e declino di popoli, regni e nazioni in un susseguirsi di scambi commerciali, migrazioni, conflitti, periodi di carestia e prosperità finché - negli ultimi due secoli - ha subito una accelerazione che ha portato trasformazioni di portata inimmaginabile:

1769 James Watt perfeziona la macchina a vapore: inizio della rivoluzione industriale

1776 Adam Smith pubblica "La ricchezza delle nazioni": nascita del capitalismo moderno

1800 l'America inizia l'estrazione del petrolio: energia da fonti fossili a basso costo

1876 invenzione del telefono: trasformazione delle comunicazioni

1939 prima trasmissione televisiva a colori: avvento dei mass-media

1945 esplosione del consumismo di massa: impennata della produzione di beni e rifiuti

1968 Aurelio Peccei fonda il "CLUB DI ROMA" e commissiona all' M.I.T. il primo studio

1971 Nixon proclama la fine della convertibilità del dollaro in oro: economia del debito

1983 nasce il protocollo di comunicazione TCP/IP che accelera lo sviluppo di INTERNET

1987 la commissione Brundtland a Oxford introduce il termine "SOSTENIBILITÀ"

1992 conferenza di Rio: acclarato il problema dei cambiamenti climatici

1994 Accordo per il commercio globale del GATT: accelerazione della globalizzazione

1997 Nobel a Myron Sholes per aver prezzato i derivati: evoluzione dei prodotti finanziari

1997 conferenza di Kyoto: impegno al contenimento delle emissioni di CO_2

2015 agenda ONU 2030: 17 goals per la sostenibilità ambientale e sociale

2021 legge europea sul clima: obiettivi di riduzione emissioni climalteranti

2022 direttiva europea Corporate Sustainability Reporting Directive (CSRD): disposizioni sulla rendicontazione delle aziende relative alle tematiche sulla sostenibilità ambientale, sociale ed economica.

Riflettiamo su un dato clamoroso: negli ultimi due secoli la popolazione mondiale si è PIÙ CHE OTTUPLICATA (raddoppiando negli ultimi 50 anni)!
Dalle origini dell'homo sapiens al momento dell'invenzione della macchina a vapore il numero di esseri umani non aveva raggiunto il miliardo di persone: da lì ad oggi abbiamo superato otto miliardi, con la prospettiva di arrivare a dieci miliardi nei prossimi 20 anni. Dieci miliardi di persone che premeranno per poter vivere "all'americana".

Oggi quindi la domanda è: riusciremo a gestire il cambiamento necessario per evitare il caos sociale, la catastrofe ambientale e con quella la fine dell'umana avventura?

Difficile rispondere, ma la cosa certa è che non ci sarà speranza senza scelte consapevoli che dovranno portare a un sano rallentamento dei ritmi e degli stili di vita.

Non si tratterà di opporsi allo sviluppo, ma di riportare il sistema economico e industriale a cicli dai tempi più "slow", compatibili con il funzionamento del sistema ecologico e sociale.

La posta in gioco è semplicemente la nostra evoluzione ed esistenza come specie.

Seconda domanda: questo rallentamento sarà possibile senza generare un impatto traumatico sul sistema sociale?

Difficilissimo rispondere, ma io azzardo una considerazione ottimistica: una parte di esseri umani sta prendendo coscienza delle possibilità di uscire dalla trappola del consumismo globalizzato per riportare al centro valori superiori, più vicini ai nostri reali bisogni, al nostro spirito e alla nostra interiorità.

Quindi credo questo: sarà un passaggio estremamente critico, ma - facendo le scelte giuste - alla fine lo supereremo, affacciandoci su un nuovo paradigma, il paradigma della sostenibilità.

E tu? Che scelta stai pensando di fare?

Appendice 2:
CHE TIPO SOSTENIBILE SEI?

CHE TIPO SOSTENIBILE SEI?

Ciascuno affronta le questioni della sostenibilità a seconda del proprio tipo mentale.
Vediamo alcuni profili che si possono incontrare.

SCETTICO: i dati relativi ai cambiamenti climatici sono gonfiati ad arte per creare allarmismo e manipolare le masse.

IDEALISTA: il mondo non è nostro ma ci è stato prestato dai nostri figli, e dobbiamo restituirlo meglio di come l'abbiamo ricevuto. Lo dicevano anche i pellerossa.

COMUNICATORE: è importante per migliorare il branding e la reputation

COMPLOTTISTA: la green economy è una invenzione delle multinazionali finanziarie per creare nuovi mercati e lucrare miliardi sugli investimenti

ROMANTICO: nulla vale di più che stare mano nella mano con i piedi immersi in una fresca sorgente di acqua pura.

PRAGMATICO: Chi fa cosa? Come? Quando?

POLITICO: Cosa dicono i sondaggi? Cosa dobbiamo promettere per essere rieletti?

AZIENDALE: Dobbiamo avere la certificazione ecologica per poter partecipare al bando e il bilancio di sostenibilità per adeguarci alla normativa.

CINICO: Chi se ne frega? Nel lungo periodo noi saremo tutti morti.

INDIFFERENTE: Transizione cosa?

RESPONSABILE: Le risorse sono limitate e dobbiamo farne un uso rispettoso, che tenga conto di tutte le conseguenze per noi e per gli altri.

OTTIMISTA: Tutto andrà bene. Pedalando in bici.

CATASTROFISTA: Vedremo soltanto una sfera di fuoco, più grande del sole, più vasta del mondo, nemmeno un grido risuonerà...

CREATIVO: Si potrebbe inventare..., si dovrebbe progettare..., avrei una idea pazzesca...

OLISTICO: Tutto è uno, sii il cambiamento che vuoi vedere nel mondo.

CONDIZIONATO: Ok va bene, a patto che io mi possa tenere l'aria condizionata, le vacanze ai tropici e il mio SUV. L'idromassaggio? Beh, parliamone...

ESTREMISTA: Pena capitale per chi non è in regola con le emissioni o discrimina le donne.

EGOISTA: Nel mio bunker privato ci voglio anche la climatizzazione e il frigo-bar.

SOLIDALE: O tutti o nessuno.

TUTTA COLPA DELLA CINA E DELL'INDIA che inquinano più di tutti.

INDECISO: Si, va bé, ok sostenibile, tutto bello, ma quanto mi costa?

E se ne potrebbero aggiungere altri...
E tu? A che tipo appartieni? Fai la tua scelta!

Appendice 3:
MANIFESTO DELLO SLOW BUSINESS

MANIFESTO DELLO SLOW BUSINESS

*Una nuova consapevolezza si aggira per l'Europa:
la consapevolezza del valore delle relazioni.*

*Imprenditori, professionisti, artisti, creativi,
commercianti, artigiani possono oggi comprendere
quanto sia importante fondare il proprio lavoro sul
rapporto fra persone e sulla costruzione di relazioni
umane orientate a valori edificanti e virtuosi.*

*Efficienza, trasparenza, condivisione, fiducia e
collaborazione, merito e responsabilità: ecco i riferimenti
fondamentali per mettere in atto lo slow business.*

*Lo slow business non è una filosofia: è una pratica.
praticare lo slow business significa costruire giorno dopo
giorno la propria credibilità.*

*Per costruire la propria credibilità occorrono coerenza e
impegno, disciplina e perseveranza.*

*Tutto ciò richiede di investire il proprio tempo:
il tempo per ascoltarsi, il tempo per migliorarsi,
il tempo per fortificare il proprio corpo,
controllare la propria mente,
conoscere e gestire le proprie emozioni.*

*Per praticare lo slow business
occorre mantenere il giusto atteggiamento:
attenzione per gli altri,
orientamento alle soluzioni,
proattività, umiltà, curiosità,
apertura e disponibilità.*

*Tutto ciò richiede di investire il proprio tempo:
il tempo per ascoltare,
il tempo per rispondere,
il tempo di farsi domande
e di trovare le giuste risposte.*

*Praticare lo slow business significa generare guadagno:
guadagno per sé e per gli altri.*

*Generare guadagno nello slow business
significa creare servizi utili e prodotti validi,
creare competenze e conoscenza,
creare posti di lavoro qualificati e qualificanti.*

*Significa collaborare, confrontarsi,
chiedere e offrire aiuto e supporto.*

*Tutto ciò richiede di investire il proprio tempo:
il tempo per conoscere, il tempo per esplorare,
il tempo per studiare, il tempo per coltivare.*

*Lo scopo dello slow business è
generare concretamente miglioramento e crescita,
prosperità e benessere, nel rispetto delle persone,
dell'ambiente e della libertà di impresa.*

*Nello slow business tutto ciò non è un diritto:
deve essere meritato.*

*Nello slow business tutto ciò non è dovuto:
deve essere costantemente mantenuto.*

*Per questo, nello slow business
le gratificazioni sono grandi,
le soddisfazioni piene,
i risultati importanti e duraturi.*

*Nello slow business si sceglie cosa fare,
con chi farlo, quando farlo, come farlo.*

*Nello slow business le tecnologie sono molto utili
e vengono utilizzate con intelligenza e consapevolezza.*

*Nello slow business
si mantengono il sorriso e il buonumore
e si pratica la gentilezza.*

imprenditori, professionisti, artisti,
creativi, commercianti, artigiani:
è giunto il tempo di riprendersi il proprio tempo.
è giunto il tempo di investire nelle relazioni.

condividete queste parole:
la rivoluzione slow è cominciata!

Appendice 4:
LA RADICE, IL TRONCO, IL FIORE

LA RADICE, IL TRONCO, IL FIORE

L'editore di questo scritto dà ai suoi autori un semplice ma significativo orientamento: individuare tre fonti di ispirazione che possano metaforicamente rappresentare una pianta che attingendo nutrimento dalla terra restituisce purificazione all'aria mediante il suo ciclo vitale.

Ecco i tre elementi
che sono stati individuati in questo caso.

LA RADICE: *Aurelio Peccei e il CLUB DI ROMA*

Possiamo con grande orgoglio affermare che la sensibilità nei confronti di quelle che oggi sono definite "tematiche ESG" (ambientali, sociali, gestionali) poste ormai al centro dell'attenzione generale, ha avuto origini italiane.

Nel 1968, quando – ancora in corso il boom economico – ancora nessuno aveva iniziato a nutrire dubbi sulle conseguenze che lo stile di vita consumistico di massa avrebbe potuto avere sull'ambiente, sulla società, sulla coscienza degli individui, un italiano illuminato di nome Aurelio Peccei fondò, coinvolgendo lo scienziato scozzese Alexander King, il CLUB DI ROMA, il cui nome venne dal luogo in cui vennero convocati i primi incontri, presso l' Accademia dei Lincei, che si trova, appunto nella nostra capitale.

Le tematiche poste sul tavolo dal fondatore erano all'epoca considerate pionieristiche: quale impatto avrebbe avuto per le generazioni future la drastica virata che l'occidente aveva intrapreso, nella seconda metà del secolo, verso un nuovo paradigma economico che aveva fatto, si, esplodere il benessere materiale ma, contemporaneamente, intaccato in modo preoccupante le risorse naturali e generato l'avvio di un inquinamento mai rilevato prima? Quali sarebbero state le conseguenze sociali dei profondi cambiamenti in atto? Quali le trasformazioni e gli sviluppi nel lungo termine? Il club ebbe in breve numerose adesioni della comunità scientifica internazionale, fra i quali eminenti personalità e premi Nobel di altissimo profilo.

L'esito più rilevante dei primi anni di attività fu, nel 1972, la pubblicazione di uno studio che il Club commissionò ad un gruppo di studiosi del M.I.T. di Boston (coordinati da Donella Meadows), denominato "I limiti dello sviluppo".

Per la prima volta vennero ipotizzati, con un metodo rigorosamente scientifico, scenari che generavano proiezioni allarmanti su futuro del pianeta e del sistema socio-economico globale, introducendo termini come "equilibrio ecologico".

Il termine "sostenibilità" venne introdotto solo nel 1987, quando a Oxford una commissione presieduta da una donna di nome Gro Brundtland pubblicò un rapporto denominato "il futuro di tutti noi", nel quale le preoccupazioni del Club di Roma vennero rilanciate con forza.

Il Club di Roma fu di fatto la prima organizzazione internazionale a trattare tematiche che oggi - sperando che non sia ormai troppo tardi - sono ormai al centro dell'attenzione di tutti.

IL TRONCO: *L'AGENDA ONU 2030*

Con ogni probabilità il documento che avrà la maggiore influenza sugli impatti futuri in termini di sostenibilità sarà la cosiddetta AGENDA ONU 2030, sottoscritta il 25 settembre 2015 da 193 paesi sotto l'egida dell'Organizzazione per le Nazioni Unite, dalla quale probabilmente prenderanno corpo successive iniziative e orientamenti.
Vi sono indicati 17 obiettivi di straordinaria ambizione e rilevanza, che prendono in considerazione in maniera equilibrata le tre dimensioni della sostenibilità – eco-

nomica, sociale ed ecologica – e mirano a porre fine alla povertà, a lottare contro l'ineguaglianza, ad affrontare i cambiamenti climatici, a costruire società pacifiche nel rispetto dei diritti umani.

Naturalmente questo è solo un punto di partenza, ma vi è da supporre che con questo documento sia stata tracciata una direzione irreversibile, seppur si debba considerare che il percorso sarà disseminato di ostacoli, problemi e inevitabili resistenze da parte di fortissimi blocchi di interesse.
Confidiamo però che questo tronco si rinforzerà fino a saper resistere a tutte le tempeste a cui sarà sottoposto, e che ciascuno potrà portare il proprio contributo al rafforzamento di questo tronco.

IL FIORE: *TU che stai leggendo queste righe*

Sul "tronco" dell'AGENDA ONU 2030 potranno innestarsi gli innumerevoli rami delle iniziative che ne deriveranno, a livello globale, nazionale, locale e territoriale, e su questi rami potranno fiorire coloro che porteranno nella realtà frutti sani e nutrienti, a beneficio di un mondo davvero migliore, fuori da ogni retorica, e a reale beneficio di tutti.

Quello della sostenibilità è uno di quei temi per i quali

non si ammette possibilità di delega, e ciascuno è chiamato a fare concretamente la propria parte, anche tu che stai leggendo queste righe.

Potrai iniziare con l'informarti in modo corretto per poter acquisire e divulgare una crescente consapevolezza, per poi formarti per poterti dotare di adeguate competenze personali e professionali.
Solo da qui potrai dar vita ad azioni individuali e collettive realmente efficaci, che rappresenteranno il tuo contributo per esplorare vie possibili nella direzione virtuosa dello sviluppo sostenibile, il quale, ricordiamolo, è stato definito in modo impareggiabile dalla Commissione Brundtland come la necessità di generare "uno sviluppo che soddisfi i bisogni del presente senza compromettere la possibilità delle generazioni future di soddisfare i propri"

Se questo ti sembra un percorso che richiede di avere qualcuno al tuo fianco, saremo lieti di accoglierti per condividere le opportunità e gli obiettivi, ma anche per affrontare insieme gli ostacoli e le incertezze che si potranno presentare.

Per conoscerci meglio visita il nostro sito

www.associazioneslowbusiness.it

RINGRAZIAMENTI

Ho già avuto modo di ringraziare, nelle note finali al "Manifesto dello SLOW BUSINESS", molte persone che hanno contribuito alla mia maturazione e mi hanno sostenuto nel perseguimento dei miei obiettivi.

In questo caso i miei ringraziamenti non saranno rivolti a chi ha fatto, ma a chi farà.
La costruzione della sostenibilità presuppone una forte fiducia nel futuro, e quindi in chi in questo futuro andrà ad operare.

Sappiamo bene che le azioni possibili potranno variare in base alla propria posizione geografica, alle risorse disponibili e alle sfide locali. La chiave sarà comunque l'impegno a livello personale e collettivo verso la sostenibilità e quindi un futuro migliore per tutti.

Ecco quindi a chi voglio rivolgere il mio GRAZIE:

Grazie a chi si impegnerà per acquisire sempre maggiore consapevolezza riguardo agli obiettivi della sostenibilità e per comprenderne le sfide, e a chi condividerà questa consapevolezza con gli altri.

Grazie a chi si manterrà aperto all'apprendimento continuo e alla comprensione di temi complessi legati alla sostenibilità, inclusi quelli relativi all'ambiente, alla giustizia sociale e all'economia, a chi continuerà ad educarsi e a informarsi sulle questioni locali e globali e sulle migliori pratiche per affrontarle, a chi sosterrà l'istruzione di base e l'educazione continua, quali pilastri fondamentali per il raggiungimento degli obiettivi della sostenibilità.

Grazie a chi si assumerà la responsabilità personale nell'affrontare le sfide della sostenibilità, a chi riconoscerà che anche le proprie azioni quotidiane hanno un impatto sul mondo, a chi parteciperà attivamente a eventi e iniziative locali e globali legate alla sostenibilità, a chi opererà attivamente nelle istituzioni per promuovere politiche sostenibili.

Grazie a chi troverà modi per collaborare con altri individui, organizzazioni e istituzioni per affrontare le sfide globali in modo collettivo, a chi collaborerà e coopererà con altre persone, organizzazioni e nazioni per affrontare le sfide globali, riconoscendo che molti problemi richiedono soluzioni collettive.

Grazie a chi svilupperà aziende e imprese impegnate nella creazione di beni e servizi finalizzati a generare miglioramento e crescita, prosperità e benessere, nel rispetto delle persone, dell'ambiente e della libertà d'impresa.

Grazie a chi eserciterà pressioni ai rappresentanti politici per indurli ad agire per il raggiungimento degli obiettivi sostenibili, a chi supporterà politiche a livello locale, nazionale e internazionale, a chi farà sentire la propria voce attraverso il coinvolgimento civico e il dialogo con i leader politici.

Grazie a chi sosterrà la trasparenza e la responsabilità nelle attività delle organizzazioni e dei governi, a chi richiederà la rendicontazione e il monitoraggio delle azioni legate agli obiettivi di sostenibilità.

Grazie a chi rispetterà la diversità culturale, religiosa, etnica e di genere, comprendendo che la diversità è una risorsa e un valore.

Grazie a chi sosterrà i diritti umani universali e lavorerà per prevenire discriminazioni, ingiustizie e violazioni dei diritti fondamentali.

Grazie a chi sceglierà prodotti e servizi da aziende che adottano pratiche sostenibili e investirà in opzioni finanziarie etiche e sostenibili.

Grazie a chi manterrà uno stile di vita sano e promuoverà la salute e il benessere nella comunità.

Grazie a chi utilizzerà mezzi di trasporto pubblici e la bicicletta, camminando quando possibile, e a chi guiderà condividendo il tragitto.

Grazie a chi ridurrà i suoi consumi energetici in casa e sul lavoro, usando apparecchiature a basso consumo, migliorando l'isolamento ed evitando il riscaldamento o raffreddamento eccessivo.

Grazie a chi ridurrà il consumo di acqua, evitando gli sprechi e cercando di utilizzare sistemi di irrigazione più efficienti.

Grazie a chi ridurrà, riutilizzerà e riciclerà per abbassare la produzione di rifiuti, a chi eviterà l'uso di plastica monouso e sceglierà prodotti con imballaggi sostenibili.

Grazie a chi sceglierà cibi locali e di stagione, a chi ridurrà lo spreco alimentare e adotterà diete più sostenibili.

Grazie a chi cercherà altre e nuove soluzioni innovative per le sfide globali e incoraggerà l'innovazione e la creatività in tutte le aree della società.

NOTE SULL'AUTORE

Massimo Calabria, classe 1965, padre di Andrea e Silvia, vive e lavora a Pontoglio, in provincia di Brescia.

Ha aperto la sua prima partita iva come geometra all'età di 19 anni, iniziando la sua attività come imprenditore in ambito edilizio.

Ha frequentato il **Politecnico di Milano** dove ha conseguito la laurea in architettura con una tesi sulla **bio-edilizia** applicata al recupero delle aree industriali dismesse.

Successivamente si è specializzato in sostenibilità presso il distretto tecnologico del Trentino **HABITECH**, conseguendo la qualifica di progettista **A.R.C.A.**

Ha approfondito lo studio dell'efficienza energetica e delle energie rinnovabili qualificandosi presso **ENEA** come **Energy Manager** e presso **CERMET** come **Auditor ISO 50001**.

Collabora con il **CONSORZIO BAMBÙ ITALIA** e **Bamboopro** per la strutturazione di una filiera che coinvolge investitori e imprenditori per l'introduzione del bambù come commodity eco-sostenibile e la riduzione della CO2.

È coordinatore e formatore nel percorso **ALFABETA GREEN:** Alfabetizzazione e supporto per la sostenibilità aziendale, organizzato in collaborazione con l'ente accreditato per la regione Lombardia **LAB ECONOMICS.**

Nel 2014 ha fondato il **Sistema di Marketing Relazionale C.R.E.A**. che amministra con i soci dalla costituzione della omonima srl.

Nel 2021 è tra i fondatori della **A.P.S. "Associazione SLOW BUSINESS"** della quale viene nominato primo presidente.

Dal 2023 conduce su **Radio Pianeta 96.3 fm** il programma **"PIANETA SLOW"**: musica e parole all'insegna della lentezza e della sostenibilità, disponibile anche in **podcast su Spotify**.

Dal 2023 è coordinatore responsabile dello **Sportello Integrato Sostenibilità.**

Ha svolto attività finalizzate alla crescita personale, frequentando corsi di Hata Yoga presso le scuole **L'AURA e KUNDALINI**, corsi di leadership, strategia d'impresa, marketing, PNL e public speaking con **TAOPOLIS, URC, ALL WINNERS e HRD**, di teatro con la compagnia **FILO DI RAME.**

Ha dedicato anni come volontario ad attività socio-culturali fra le quali la fondazione nel 1997 dell'**Associazione Terzo Millennio**, una esperienza come insegnante di storia dell'arte presso la comunità di recupero per tossicodipendenti **SHALOM**, e la adesione alla cooperativa sociale **IL VISCONTE DI MEZZAGO** impegnata nella gestione di un centro culturale polifunzionale.

Da motociclista ha visitato tutte le regioni d'Italia, oltre che aver compiuto viaggi in diversi paesi europei, Nordamerica, Africa e Asia.

Fra le sue passioni principali le attività all'aria aperta come canoa, trekking e mountain bike, oltre alla musica e alla lettura.
Da sempre afferma di porre un percorso di miglioramento continuo come base della propria filosofia di vita.

Chi desidera maggiori notizie e informazioni può collegarsi al seguente link:

https://www.sportellointegratosostenibilita.it

INDICE

MR. BUSINESS E DR. SLOW